Pro
나이팅게일의 수다

Pro 나이팅게일의 수다

초판인쇄 | 2025년 05월 20일
초판발행 | 2025년 05월 25일

지 은 이 | 허현점 이인회 주은주 박미경 최인순
펴 낸 이 | 배재경
펴 낸 곳 | 도서출판 작가마을
등   록 | 제 2002-000012호
주   소 | 부산시 중구 대청로141번길 3, 501호 (중앙동, 다온빌딩)
        T. 051)248-4145 F. 051)248-0723 E. seepoet@hanmail.net

ISBN 979 - 11 - 5606 - 284 - 4 03810 정가 15,000원

※ 이 책의 무단전재 및 복제행위는 저작권법에 의거. 처벌의 대상이 됩니다.

Pro
나이팅게일의 수다

최인순
박미경
주은주
이인희
허현점

도서출판
작가마을

간호학과 학생들은 일생을 의롭게 살며 전문간호직에 최선을 다하고 간호를 받는 사람들의 안녕을 위하여 헌신하겠다는 '나이팅게일 선서'를 합니다. 나이팅게일 선서는 간호사로서 헌신해야 할 윤리와 간호원칙을 담고 있습니다.

간호사는 환자를 가장 가까이에서 돌보는 사람이며 의료 현장 곳곳에 간호사의 손길이 닿지 않는 곳은 없습니다. 환자들에게 수준 높은 간호를 제공하기 위해서 간호의 주체인 자신이 먼저 건강하고 행복해야 합니다. 그래서 우리는 지금보다 더 윤기潤氣있고 행복한 삶을 위해 "Nurses' Essay Club" 글쓰기를 시작하였습니다. 전쟁터 같은 간호 현장을 늘 마주하는 우리들의 진솔한 삶을 글쓰기를 통해 치유healing하고, 간호 현장에 대한 사회적 공감대를 형성해 우리 모두 건강한 삶을 영위할 수 있게 하는 일은 참으로 뜻깊은 일이라고 생각됩니다.

'Pro 나이팅게일의 수다' 탄생 비화는 몇 년 전으로 거슬러 올라가, 대학원 동기 여섯 명이 모여서 글쓰기 모임을 결성한 것에서 비롯됩니다. 우리는 모두가 간호사들입니다. 하지만 간호사로서 직무는 모두 수준급의 베테랑이었지만 글쓰기는 좀 달랐습니다. 특히 간호 현장에서 늘 긴장과 객관적 판단을 요구하는 직무를 가지고 수십 년을 살아온 우리에게 마음의 끈을 풀고, 나의 나신裸身을 드러내는 문학적 글을 써야 한다는 것은 매우 힘든 일이었습니다. 그것은 마치 데미안의 '알의 세계'를 깨는 것과 같은 일이었습니다. 하지만 우리는 포기하지 않고 서툰 글솜씨로 수필과 시를 계속 써나갔습니다.

그렇게 몇 년을 쓰다 보니 우리들의 글쓰기는 오롯이 우리를 자신의 삶의 주인공으로 만들어 주었습니다. 그리고 우리들의 글이 미래를 위한 작은 징검다리가 될 수도 있겠다는 생각이 들었습니다. 우리는 일을 마치고 매일 늦은 밤, 노트북을 켜고 글감을 하나하나 정리해 가며 조금씩 글을 퇴고했습니다. 여러 해 동안 글을 써야 한다는 부담감이 없었던 것은 아닙니다. 때로는 일상에 시달리며 주제에 대해 고민하고 글감을 찾기 위해 머리를 쥐어뜯을 때도 있었습니다. 이렇게 쓴 글들이 책이 되어 나온다고 생각하니 낯이 붉어지게 부끄럽지만 한 편으로는 뿌듯하고 감회가 새롭습니다. 세상을 살아가는 것만큼이나 서툰, 우리들의 글이 한 세대를 함께 살아가는 사람들에게 작은 웃음과 위로가 되었으면 하는 바람입니다. 그리고 의료현장에서 사력을 다하는 간호사들의 삶에 향기로운 선물이 되었으면 좋겠습니다.

'Pro 나이팅게일의 수다'는 시와 수필로 구성되어 있습니다. 그동안 쓴 시와 수필을 모두 이 책에 담지는 못했습니다. 남겨진 시와 수필은 다음을 기약해 봅니다. 그리고 이 책은 그 동안에 쓴 시보다 수필 작품 수록에 중점을 두었습니다. 수필은 병원 에피소드와 일상 에피소드를 주된 주제로 나누어 구성했습니다. 병원 에피소드는 간호사들이 간호 현장에서 경험하고 만나는 이야기를 문학적으로 재구성하였고, 일상 에피소드는 간호사인 우리들의 평범한 일상의 삶을 글로 풀어냈습니다. 글의 구성도 표현도 초보인 우리들의 글이지만 부디 이 글을 읽는 분들의 시선은 따뜻하고 너그럽기를 바래봅니다.

글을 쓴다는 것은 참으로 어렵고 부담스러운 일입니다. 직·간접적인 경험과 느낌을 글로 표현한다는 것은 결코 쉬운 일도 아니었습니다. 글쓰기를 하는 동안 우리는 늘 자신의 한계에 부딪혔습니다. 하지만 일상의 모든 순간, 글의 소재가 머릿속에서 떠오르면 메모하며 상상으로 글 그림을 그렸습니다. 머릿속 글을 밖으로 꺼내어 쓰다 보면 표현은 늘 매끄럽지 못해 뒤죽박죽되어 종종 딜레마에 빠지곤 했습니다. 이런 느낌은 비단 저뿐만 아니라 글쓰기를 함께한 우리 모두의 고민거리이었습니다.
'글을 잘 쓰는 방법은 없을까?' '아! 왜 이리도 무지할까?' 사소한 일상들을 글로 쓰면서 생각을 곱씹는 습관과

독서가 왜 중요한지도 알게 되었습니다. 글쓰기는 철저하게 나 자신과의 싸움이고, 우리의 삶과 같이 시행착오가 반복되는 일임도 알 수 있었습니다.

우리의 작은 생각이 한 권의 책이 될 수 있었던 것은, 함께한 선생님들의 진심 어린 마음과 우리라는 관계를 중심에 두고 개인의 삶을 희생한 덕분이라 생각합니다. 다독의 여신답게 항상 글의 흐름을 잘 잡아 준 이인희 사랑병원 간호부장님, 강단 있는 성격과 달리 시적 감성으로 우리를 동심으로 돌아가게 해준 주은주 삼승병원 간호부장님, 정신간호사로서 글쓰기를 제안해 주어 우리들의 삶을 윤택하게 만들어 준 박미경 늘품상담센터장님 그리고 모임 순간순간 반짝이는 아이디어로 재치를 발휘해 준 최인순 마산대학교 간호학과 교수님, 함께 책을 낼 수 있어서 참으로 행복합니다. 마지막으로 고인이 된 이미희 원장님과 글쓰기 시작부터 마무리까지 함께 해주신 정수정 글쓰기 선생님께 존경과 사랑을 담아 감사의 인사를 드립니다.

처음 글쓰기를 시작하고 작품을 모아서 책이 출간되기까지 결코 짧은 시간은 아니었습니다. 아직도 모자람이 가득한 글이지만 이 책의 미숙함은 모두 우리의 몫이라 생각합니다. 우리의 이야기가 책이 되어 나오기까지 물심양면으로 도와주신 모든 분들께 진심으로 감사 인사를 드립니다.

"Nurses' Essay Club"

"Leader of the Nurses' Essay Club" 허현집

Pro 나이팅게일의 수다

Pro
나이팅게일의 수다

허현점

이인희

주은주

박미경

최인순

Pro
나이팅게일의 수다

Pro
나이팅게일의 수다

허 현 점 許賢點

경남 고성에서 태어나 1984년에 간호대학을 졸업하고 간호사가 되었다. 현대병원 외 임상근무를 30년 이상 하였다. 가야대학교 보건대학원 간호학과 석사와 인제대학교 보건행정대학원에서 박사학위를 취득하였다. 현재는 가야대학교 간호학과 교수로 재직 중이다.

| 논문 및 저서 |
「간호사의 일과 삶의 균형과 간호업무성과가 행복지수에 미치는 영향」, 「임상간호사의 간호전문직관, 윤리적 민감성이 연명의료 중단 태도에 미치는 영향」, 「다문화의 이해와 건강」(공저), 「사람 해부학(HUMAN ANATOMY)」(공저) 외 다수.

千斤萬斤

느지막 잠에서 깨어
커튼 사이로 보이는 우중충한 하늘

이리 뒤척 저리 뒤척 리모컨을 누른다
어스럼 불빛 사이로 잘난 먼지들은 춤을 추고

어정쩡 몸을 떼어
아이구야, 온 몸은 千斤萬斤
온갖 감각들은 축 늘어져 침대에서 뒹굴뒹굴

시간이 얼마나 흘렀을까
눈치없는 배꼽시계 꼬르륵꼬르륵,
나른한 몸을 끌고 식탁에 겨우 앉아
말라빠진 빵 한 조각 커피로 허기를 채운다.

무심한 시간 멍 하니 창밖을 보니

가을비 추적추적 유리창에 흐르는 빗방울
뭐 땜시, 저렇게 바쁘게 또르륵또르륵

엉거주춤 창가로 다가가
잠시 쉬어가라 창문을 살며시 열어보니
속삭이듯 들어오는 촉촉한 공기

머쓱하게 들어온 비바람은
게으름을 동무 삼아 날아가 버렸다.

대청마루에 걸터앉아

늦게 일어나 보니 집안에는 아무도 없었다. 참 조용하고 평화롭구나. 친정 대청마루에 걸터앉아 따스한 햇살을 맞으며 커피를 한 모금 마시는데, 온몸에 커피향이 스며들었다. 마당에 가득 퍼진 햇살을 바라보며 그냥 멍하니 앉아 있었다. 그때 바람결에 퇴거름 향기가 내 코끝을 스쳤다. 그 향기가 너무도 깊고 그윽해서 피식 웃음이 나왔다. 앞마당에는 봄기운이 살금살금 발소리 내며 서서히 피어나는데 얼굴에 스치는 바람은 아직도 차다. 2월을 '시샘달'이라고 했던가! 꽃샘추위가 간간이 심술을 부리지만 봄의 문은 이미 열리기 시작한 것 같다. 겨울은 일찌감치 봄에게 인수인계를 시작하였고, 긴 여행 떠날 채비를 하고 있었다. 겨울과 악수한 지가 엊그제 같은데 벌써 봄을 맞이하다니. 참, 세월도 빠르게 지나가는구나! 흘러가는 세월을 간절히 잡고 싶다.

지난날의 기억을 아련히 떠올리며 추억의 향기가 가득한

친정집 곳곳을 살펴보았다. 남새밭 귀퉁이에 고개를 빼꼼히 내민 성질 급한 수선화가 나에게 멋쩍게 웃으며 인사를 한다. 너무 반가워서 시부지기 일어나 살금살금 다가가니, 야들야들한 꽃대가 있었다.

'애들아 조금만 있으면 봄이 문턱을 넘는데, 얼어 죽으면 어떻게 하려고 벌써 나왔니? 참으로 용기가 가상하네! 땅 주인 허락은 받았니?' 혼자 말로 중얼거렸다.

요만큼 얼굴을 내밀기까지 얼마나 걸렸을까.

아마도 이놈은 차고 거친 땅속에서 봄 햇살을 독차지하기 위해 치열하게 경쟁을 하였을 것이다. 아무도 허락하지 않았는데도 '여기는 내 땅이요'를 당당히 외치며 여린 새순을 쑤우욱 올리는 모습이 참으로 앙팡지다. 이들도 우리가 사는 세상과 별반 다르지 않구나! 꽃피울 조그만한 땅뙈기를 차지하기 위해 얼마나 많은 시간과 피나는 노력을 펼쳤을까. 잠깐의 화려함을 뽐내기 위해 긴 시간을 참고 견디었을 것이다.

남새밭 울타리 아래 자그마한 돌밭에는 암탉 두 마리와 수탉 한 마리가 한가로이 모이를 쪼으며 산책을 하고 있다. 나는 그곳에서 그리 멀지 않은 돌둑에 앉아 핸드폰을 검색하다가 고개를 들어 무심히 그들을 바라보았다. 따뜻한 봄 햇살에 암탉 두 마리는 엉덩이를 들썩거리며 다정하게 모이를 쪼아 먹고는 너무 행복해서 꼬르륵 꼬르륵, 수탉은 모이 한번 쪼고 두리번두리번 잠시도 경계를 늦추지 않는다.

가족을 돌보는 모습이 기특하고 참으로 예쁘다. 식어버린 커피를 한 모금 마셨다.

‘울퉁불퉁한 돌밭에서 발바닥은 아프지 않을까?’ 내 걱정과 달리 ‘아! 따뜻하다. 아! 시~원하다’는 폼으로 건방지게 기지개 쫙 펴고 두 다리를 쭈우욱 뻗었다. 마치 발바닥까지 꾹꾹 눌러 지압을 즐기는 것 같았다.

오늘은 시간마저 느리게 흘러간다. 스르륵 윤기가 좔좔 흐르고 덩치가 송아지만 한 까뮈가 조용히 다가와 내 발등에 살포시 드러눕는다. 까뮈는 독일산 세퍼트이다. 그는 엄청 영리하고 순하며 사람을 좋아한다. 온몸에 전해지는 따뜻한 온기가 마음까지 어루만져 주었다. 매끄러운 털을 쓰다듬으며 ‘아무 걱정 없는 네가 부럽구나’ 내 말귀를 알아들었는지 두 눈을 지긋이 감았다. 봄볕과 사람의 훈기에 몸과 마음을 풀어, 여유를 즐기는 까뮈. 인생 별것 있나, 오늘같이 봄볕 맞으며 사는 거지, 뭐.

얼마나 지났을까? 두 손 가득 시장바구니를 들고 친정엄마와 동생들이 대문으로 들어섰다.

그래, 간호사지!

자고 일어났다. 삭신이 아리고 마치 안개가 낀 것처럼 머리는 맑지 않고 멍한 느낌이다. 요즘 들어 피로감을 자주 느낀다. 나이 탓인가 아니면 건강이 이상 신호를 보내는 것일까? 조금 불안하고 걱정이 된다. 출근을 위해 머리를 감고 드라이기로 머리를 손질한 후 조금이라도 젊게 보이기 위해 동안 화장을 하였다. 그리고 옷을 코디해서 입고는 당당한 전문직 여성으로 연출한 후 거울 앞에 섰다. 거울에 비친 나는 너무 지치고 초췌하며 참으로 안쓰러운 모습이다. 갑자기 서글픔이 목 밑까지 차올랐다. '언제까지 이렇게 살아야 되지? 무슨 떼돈을 번다고, 이렇게 삭신이 아픈데 출근을 해야되나, 진짜 출근하기 싫어. 될 대로 되라' 하고는 다시 침대에 벌렁 드러누웠다.

TV에서는 80년 만에 퍼부은 기록적인 폭우로 서울 곳곳이 침수되고 도로가 통제되는 등 많은 피해가 속출하고 있

다는 뉴스를 전하고 있다. 반사적으로 벌떡 일어나 딸에게
전화를 했다.

“지금 뉴스에서 서울 곳곳이 완전히 침수되어 엉망이라
고 하네! 출근은 했고?”

별일은 없는지를 이것저것 물었다.

“엄마, 내가 누고, 간호사 아이가. 아파 죽어도 병원에 출
근하는 전사들.”

“맞다, 맞다. 남들은 크게 인정해 주지도 않는데, 직업에
대한 사명감은 하늘을 찌를듯이 높지” 하고는 허탈하게 피
식 웃었다.

그때 “엄마! 우리 조상들이 얼마나 지혜로운지 오늘 새삼
또 한 번 느꼈어요.”라고 한다. 이유인 즉, 사대문 안쪽은
전혀 침수되지 않았고, 고로 사대문 안에 사는 본인도 아무
문제 없이 유유히 출근하였다고 말했다. 통화가 끝난 후 한
참을 혼자서 웃었다.

‘그래, 나도 간호사지. 빨리 정신 차리자.’ 여기서 어쩌니
저쩌니 허송세월 보낸들 일의 무게는 줄지 않는다. 침대에
서 후다닥 일어나 약장에서 비타민C 2000mg과 타이레놀
이알 서방정 650mg을 먹고는 집을 나섰다. 파아란 하늘과
쨍쨍한 햇빛에 헉! 숨이 막혔다. 목청껏 울부짖는 매미 소
리가 무더위를 더욱 가열시키는 것 같아 확, 짜증이 났다.
차 문을 여는 순간, 뜨거운 열기가 훅 밀려와 잠시 멈춰 섰
고 운전대는 뜨거워서 잡을 수가 없었다. 학교로 가는 길은

뙤약볕 아래 녹음마저 시들시들한데 간간이 불어오는 무더운 바람에 맥없이 흔들리는 이파리들이 애처롭다. 신호 대기 중 뙤약볕을 맞으며 자전거 라이딩하는 사람들을 봤다. '참, 사람들도 대단하네. 이런 날씨에!'

연구실 역시 찜통이다. 에어컨조차 고장이 나서 시원한 바람이 나오지 않는다. 서비스센터에 전화를 하고 선풍기 바람에 의지한 채 멍하니 있는데….미칠 듯이 덥다. 등줄기에는 땀이 줄줄 흘러내렸고 어째, 더 지치고 피곤이 밀려왔다. 컴퓨터 켜는 것조차 힘겹다. 작년까지만 해도 에너지 넘쳤는데, 이제 한 살 한 살 나이를 먹다 보니 체력이 바닥난 것일까? 암만해도 예전과 같지 않다. '아! 내가 이럴 때가 아니지!' 얼른 노트북을 챙겨 세미나실로 향하는 도중에 친하게 지내는 교수님을 만났다. 에어컨을 새로 설치했는데 너무 시원하다며 자기 연구실로 안내를 했다. 다른 교수님들도 계셨다. 각자의 취향에 따라 차를 마시며 담소를 나누는 중에 어느 지인 간호사가 얼마 전 검진을 받았는데 위암 1기를 진단받아 수술 날짜를 잡았다고 했다. 모두가 안타까워했다. 아직 미혼이고 부모님이 계시지 않아 수술 후 간호해 줄 사람이 없다며 걱정을 하였다. 그런데 휴직은 하지 않고 휴가와 연차를 이용해 수술한 후 근무는 계속할 예정이라고 전했다.

'아니, 왜 내 주위 사람들은 특히 우리 간호사들은 자신의 건강도 못 챙기고 하루하루를 이렇게 빡세게 사는 건지…'

허탈하게 한숨을 내쉬었다. 나도 일을 만들어서 하는 스타일이라 고생을 사서 하는 경향이 강하다. 항상 맡은 업무에 전력투구하여 에너지를 쏟으니, 체력은 하루하루가 다르다는 것을 알 수 있고, 건강관리의 필요성을 절실하게 느끼는 중이다. 약간의 짜증스러움과 안타까운 마음을 고스란히 안고 세미나실로 향했다.

출근길에 먹은 비타민과 타이레놀 효과를 톡톡히 보면서 한참 동안 밀린 과제 정리와 각종 서류 작업을 하였다. '아! 이 순간에도 어김없이 나 자신을 혹사 시키는구나' 미안한 마음이 들었다. 해야 할 일들은 산더미지만 쉴 때는 억지로라도 쉬어야지, 하는 생각에 노트북을 가방에 쑤셔 넣고 책상을 정리하고는 재빨리 엘리베이터를 탔다. 집으로 돌아오는 길 차 안에서 바라보는 파아란 하늘에 새털같이 펼쳐진 구름이 너무 예뻤다. 아하… 조금 살 것 같다. 피로야, 이제부터 너는 접근금지야!

오지랖

아침 일찍 'over the horizon' 멜로디에 벌떡 일어나 전화를 받았다.

"부장님 오늘 검진 예약된 것 깜박하지 않았죠? 8시 40분까지 검진실에 오시면 됩니다. 나중에 뵐께요" 하고는 전화를 뚝 끊어 버렸다. 잠들기 전까지만 해도 검진 준비를 열심히 하였다. 금식도 하고 혈당과 콜레스테롤 결과치가 걱정되어 나름 근력 운동도 하였는데 왜 이렇게 늦잠을 자 버렸을까? 기절하듯이 잠이 들어 미처 알람 소리를 듣지 못하고는 꿀잠을 자 버렸다. 부랴부랴 준비하여 급하게 병원에 도착하였다. 마음이 급해 엘리베이터 기다릴 시간조차 없어 계단으로 마구 뛰어 종합검진실로 올라갔다.

검진실 간호사와 상담을 하고는 검사 전에 필요한 설문지를 차근차근 읽어가며 한참 동안 체크를 하였다. 그때 지인 간호사가 들어왔다. 서로 인사를 나눈 후 검사에 대한 주의

사항을 친절하게 추가 설명해 주었다. 상담을 마치고 바로 탈의실로 이동하여 대장 내시경용 검사복으로 갈아입는데, 뭔지 모르는 묵직한 긴장감이 엄습해 왔다. 옷매무새를 정리한 후 기본 검사실에서 청력, 시력, 체질량 검사를 간단하게 한 후 영상의학과로 이동하여 흉부 촬영과 복부와 갑상선 초음파검사를 하였다. 복부 초음파검사 중에 의사가 상복부 우측을 반복적으로 집중해서 확인할 때는 심장이 쫄깃쫄깃하고 수많은 불안감이 머릿속을 휘감았다.

'혹시 무슨 문제가 있나? 2년 전에 췌장 수치가 올라가서 치료를 받은 과거력이 있는데… 요즘은 한 집 건너 한 명은 암 환자라고 하는데 그 짧은 시간에 얼마나 많은 생각들이 들던지' 그때 "수고하셨습니다. 크게 걱정할 것은 없을 것 같네요" 하는 순간 긴장된 마음이 사르르 녹으면서 진정이 되었다. 임상병리실에서 소변검사를 먼저 한 후 혈액검사를 하기 위해 토니켓을 묶고 혈관이 굵고 튼튼한 전완부를 소독솜으로 닦았다. 그런데 그때 병리사가 다시 검지로 소독한 혈관 부위를 톡톡 치는게 아닌가. 그 순간 나는 '아니, 다시 오염을 시키고 있잖아! 알콜솜으로 소독은 왜 했지?' 마음속으로만 되뇌고 있는데 그때 오염된 부위 아래로 굵은 주사바늘을 쑤욱 내 혈관 속으로 찔러 넣는다. 무수히 많은 잡균들이 내 몸속으로 들어오는 것 같아 꺼림직 했다. '아하! 소독에 대한 최소한의 개념도 없구나, 어떻게 하지 한마디 할까?' 하다가 그냥 나의 강인한 면역력을 믿어 보자구나. 그리고 까다로운 고객으로 낙인찍히기 싫어서 그냥 위내시경실로 향했다.

　제법 긴 시간을 대기실에서 기다리는 중에 곳곳에 앉아있는 환자와 보호자들의 다양한 표정을 살피며 둘러보고 있었다. "허현점님, 이쪽으로 들어오세요" 내시경실 직원의 안내에 따라 준비실 테이블 앞에 앉았다. 간단한 확인 절차 후 수면 내시경 검사 과정에 대한 설명을 들었다. 간호사가 검사 전 처치로 트레이에 혈관주사를 준비하여 내 손등에 메디컷을 꽂았다. 그 순간에 제발 한번 만에 성공하길 바라면서 수행하는 과정을 자세히 살폈다. 소독 원칙을 철저히 준수하는지를…. 그러나 역시 임상병리실 직원과 같이 소독에 대한 개념은 부족했다. 주사 부위를 닦은 소독솜을 트레이에 놓아두었다가 주사를 꽂은 후 그 소독솜으로 주사 바늘 연결 부분에 이불을 덮듯이 올려놓고는 반창고를 붙였다. 참으로 황당스러웠다. 왜 소독솜으로 주사 부위를 문지르는지, 그 원리와 우리 피부에 수많은 균들이 득실거린다는 것을 일시적으로 망각한 것 같다.

　나는 '선생님, 알콜솜으로 소독을 잘하셨는데 트레이에 떨어진 소독솜을 다시 사용하는 것은 좀 그렇습니다' 라고 말하고 싶었으나, 별난 사람으로 취급될까 봐 아무 말도 하지 못했다. 친분이 있는 부서장에게 가장 기본적인 손 위생과 소독에 대한 교육을 한 번 더 부탁하면서도 민망했다. 왜 나는 병원에만 오면 오지랖 넓게 이런 상황들이 눈에 띄는지. 참견하고 싶은지…. 속으로 아이! 참, 하고는 고개를 절레절레 흔들었다.

위 속에 차 있는 가스 제거를 위해 가스콜을 한 포 먹고 내시경용 침대에 누웠다. 수면 마취제 투여 전 짧은 순간에 온갖 걱정과 생각들이 머릿속을 헤집었다. 혹시 수면 내시경 검사 시에 괄약근이 약해져 방귀가 나오면 어떡하지? 수면에서 깨어나는 중에 민망한 말과 행동을 하면 큰일이다. 경험에 의하면 내시경실에서 많은 대상자들이 수면 마취에서 깨어나는 중에 다양한 헛소리를 내뱉는다. 평소에 아주 점잖은 분이 입에 담지 못할 험한 욕설을 하는 경우들도 종종 있기 때문이다. 그때

"자, 수면 마취 주사약 들어갑니다. 머리가 멍해지는 느낌이 있습니다, 약 때문이니까 편안하게 주무시면 됩니다."

"네" 하는 순간 기억이 없다. 시간이 얼마나 흘렀을까!

"일어나실 수 있습니까?" 간호사 목소리에 눈을 떴다. 약간 어질어질 하였지만 체면상 옷과 머리를 가다듬고 손거울을 보며 혹시 침을 흘렸을까 확인을 했다. 침상을 정리한 후 간호사의 안내에 따라 검사 결과를 듣기 위해 내과 외래로 갔다. 내과 과장님은 아주 친절한 말투로 검사받는다고 수고하셨다는 인사를 하고는 검사 결과를 설명하였다.

"다른 검사상은 특별한게 없는데…." 잠시 멈칫하며 컴퓨터 화면을 돌려 위내시경 사진을 보여주었다. 그리고 위기저부gastric fundus가 조금 두툼하고 모양이 찝찝하여 조직검사를 했다는 말에 심장이 덜컹 내려앉았지만 겉으로는 아

주 태연하게 "결과는 언제쯤 알 수 있을까요?"라고 물었다. 늦어도 일주일 후에는 알 수 있다는 말을 듣고는 수고하셨다는 인사를 하였다. 그리고 진료실을 나오는데 두 다리에 힘이 쭉 빠지는 것 같았다.

원무과에 내려와 진료비를 계산한 후 약국에서 약을 타고는 급히 병원을 나섰다. 돌아오는 길에 무수한 생각들이 뇌리에서 요동쳤다. '만일에 결과가 안 좋게 나오면 어떡하지? 각종 보험증서에 수급자를 법정대리인으로 했는데 남편과 큰딸 작은딸에게 공평하게 수급자를 하나씩 바꿔야 하나? 결과가 심각하면 치료는 어느 병원에서 받아야 하나? 진단 결과를 가족들에게 어떻게 알리지… 치료 과정이 생각보다 엄청 고통스럽다고 하는데 견딜 수 있을까? 엄마한테 알려야 하나?' 많은 복잡한 생각을 하는 중에 집에 도착하였다. 곧바로 금고 안에 고이 보관 중인 보험증서들을 하나하나 확인하였다. 매달 지출되는 보험료는 부담이 될 정도로 많은데 보장 내용이 턱없이 부족하다는 생각이 들었다. 몸과 마음이 지칠 대로 지쳐 소파에 쭈구려 앉아서 멍하니 있었다. 머릿속은 몽롱하고 마치 먹구름이 낀 것처럼 막막하게만 느껴졌다. 얼마나 시간이 흘렀을까? 거울 속에 비친 내 모습을 보는 순간 정신이 확 들었다. '지금 내가 뭐하고 있노! 참, 한심하고 나도 별수 없는 사람이구나! 아직 결과도 나오지 않았는데 호들갑을 떨고 있네.' 남들이 오늘 나의 오지랖을 알까 봐 부끄러운 생각이 확 들었다.

정신 차리자! 벌떡 일어나 세탁기를 돌리고 집 구석구석을 아주 꼼꼼하게 손걸레로 마구 청소를 했다. 갑자기 신혼 시절에 본 영화 '바람과 함께 사라지다'에서 스칼렛의 명대사가 뇌리를 스쳤다. '내일은 내일의 태양이 뜰 테니까. 그래, 벌써부터 마음 졸일 필요는 없다. 따뜻한 물에 샤워하고 잠이나 실컷 자자. 오늘 하루는 너무 힘들었다. 일단 한숨 자고 나면 복잡한 생각들이 연기처럼 가볍게 사라지겠지.'

"내일은 다시 내일의 태양이 뜰 테니까!"

작은 쉼표

일요일 아침 바쁜 일상 속에 조그마한 쉼표를 찾기 위해 우암사로 향했다. 앞만 보고 너무도 촘촘하게 달려온 내 삶에 작은 쉼표를 찍기 위해 목정스님의 능엄경 법문을 듣기 위함이다. 능엄경은 부처님의 마음으로 세상을 제대로 보는 이치와 깨달음을 담은 수행서로, 불자로서 체득해야 할 내용을 종합적으로 제시한 불경佛經이다.

어느덧 내리쬐는 무더위는 한풀 꺾이고 유난히 높고 파란 하늘에 솜사탕을 살짝 뿌려 놓은 듯한 하얀 구름은 눈부시게 아름다웠다. 여름을 배웅하고 문턱으로 들어서는 가을이라는 손님을 맞이하는 9월 초. 올여름은 유난히도 불볕더위가 갖은 앙탈을 부렸고, 뜨겁고 무더운 기세가 영원할 줄 알고, 시건방을 무척이나 떨었다. 우리도 역시 이 여름이 영원할 줄 알고 전전긍긍하였다. 그런데 이 여름은 느릿느릿한 걸음으로 천천히 지나가고 있구나. 이 모든 흐름이

자연의 섭리인 것처럼 내 시간은 브레이크도 없이 달음박
질하고 있다. 그새 나는 무엇보다도 젊어 보인다는 칭찬에
흥분되는 나이가 되어 버렸다.

우암사로 진입하는 경사로는 제법 가파르고 좁았다. 꼬불
꼬불 골목길을 한참 동안 올라가니 우암산 자락에 아담한
사찰이 자리하고 있었다. 참으로 정갈하고 아기자기하게
잘 꾸며놓았다. 저 멀리 확 트인 바다와 낡은 동네의 전경
이 묘한 조화를 이루고 있다. 찾는 이들에게 충분히 매력적
이고 추억 속 감성에 젖어 들 수 있는 풍광을 뽐내고 있다.
주지 스님은 온화하고 인자한 미소로 우리를 맞이해 주셨
다. 환한 미소 속에서 뭔지 모를 근엄한 기운을 느낄 수 있
었다. 부처님 전에 삼배를 마치고 차[茶]실에 모여 두 분의
스님과 인사를 나누었다. 우암사는 비구니 스님 세 분이 계
신다. 주지 스님을 비롯한 두 스님 모두 십오 년 이상을 모
대학병원에서 근무하였던 베테랑 간호사이다. 우리는 노인
들의 코로나19 감염 상황의 심각성과 취약성에 대해 많은
이야기를 나누었다. 스님들은 의료지식이 풍부한 영락없는
간호사였다.

왜, 속세와 연을 끊고 비구니 스님이 되었을까? 스님이
말씀하시길 어느 순간부터 뭇한 환자를 간호하는 자체가
너무 힘들었고, 근무하면서 발생하는 다양한 업무에 대해
회의감이 많이 들었다고 했다.

왜 이렇게 살아야만 하는가? 평생을 이 일을 하고 살아야만 하는가? 언제까지 간호사로 살 수 있을까?에 대해 스스로 질문을 하였다고 한다.

항상 내 몸 아픈 것은 뒷전이고 아픈 환자 먼저 챙기는 게 당연시되는 고질적인 직업병. 매일 전쟁이 난 것도 아닌데 마치 전쟁이 난 것처럼 일분일초도 긴장감을 풀지 못한 채로 일을 해야만 했다. 전쟁터 같은 근무 환경은 이루 말로 표현할 수 없이 부담스러웠고 고통스러웠고 힘들었다고 말씀하셨다.

의사는 병을 고치고 간호사는 사람을 살리는 직업이라고 이야기들 하지만 내 자신의 심신이 고달파 죽겠는데 진정 환자들에게 참된 간호를 할 수 있을까? 등 수없이 많은 고뇌가 있었다고 했다. 그 많은 갈등과 고뇌를 사찰을 찾아다니며 심신을 달랬다고 말씀하셨다.

"보살님, 우리 간호사들이 힘 빠져하고 지치면 환자들은 금방 상태가 나빠지게 되잖아요? 그리고 의료진들이 환자 곁에 얼마나 자주 가는지에 따라 컨디션이 확연하게 달라지잖아요?"

"네 그렇죠."

"더 힘든 것은 많은 환자 또는 보호자들이 의사들에게는 네. 네. 하면서 간호사는 마치 아랫사람 대하듯이 막 대하는 경우가 비일비재하잖아요. 하루가 멀다 하고 삶과 죽음 사이에 있는 환자들 앞에서 우리는 이리 뛰고 저리 뛰어 다니며, 저승사자와 헐떡이며 맞서는 일마저 마다하지 않는 우리 간호사들의 하루 일과… 과연 언제까지 이렇게 억세게 살아가야만 하는가. 이게 진정 내 삶인가."라는 스님의 말씀에 잠시 정적이 흘렀다.

무거운 고뇌와 치열한 병원 생활에 염증을 느껴 출가를 결심한 것 같다며 엷은 미소를 지었다. 그 미소 속에서 간호사로서의 고뇌와 지나간 시간들이 고스란히 녹아있음을 충분히 느낄 수 있었다. 다른 두 분 스님과 함께 우리 모두 고개를 끄덕! 끄덕! 마음 한구석이 싸해지는 느낌은 뭐라 말로 표현할 수가 없었다.

"자! 보살님들 남은 차 마시고 법당으로 갈까요?"

삼 층 법당에는 빨강 책 한 권이 각 책상에 올려져 있었다. '능엄경'이다.

목정스님은 "참마음이란! 뭐신고? 그럼 나다움이란!에 대해 말할 수 있는 보살님?"

하고 질문을 던졌다. 다른 분들이 답할 때 조용히 생각에 접어들었다.

'나는 어떤 사람이지, 나다움이 뭐지, 나답게 살아가고 있나? 참마음으로 살고 있나?' 나 자신에게 질문을 던졌다.

'남의 눈치를 보면서 그럴듯하게 보이려고 무던히도 애쓰고 있지는 않는가? 척하는 삶에 익숙하여 진정한 나다움의 공간조차도 배척하며 살고 있지는 않는가? 발버둥 치고 허우적거리며 살아가는 내 삶의 방식은 과연 최선이라고 할 수 있는가?' 도저히 답을 찾을 수가 없었다. 내가 어떤 사람인지도 명확하게 알 수가 없었다. 타인들의 시선과 평가에 신경을 쏟느라 나를 방치하며 살고 있는 게 틀림없다.

하아, 퍽퍽한 고구마를 먹다 체한 것처럼 답답하다. 정신을 가다듬고 스님의 법문 중 명상에 집중하고자 양손은 무릎에 살짝 올려놓고 살며시 눈을 감았다.

'그럼! 나는 누구인가? 나는 누구인가?'를 되뇌이는데 갑자기, 내 남편은 이런 사람이지가 파노라마를 펼쳐놓은 듯 그려졌다. 나도 모르게 피식 웃음을 머금었다.

'나 자신도 모르면서 남편 평가는 잘도 하는구나! 오호, 이게 나의 어리석음이구나!'

이번 법문을 통해 막연하게만 생각했던 '나다움'이라는 것에 대해 잠시나마 생각을 해보았다. 아등바등 열심히 살아가는 내가 나인지, 남들에게 비추어지는 내가 나인지, 내가 나라고 생각하는 내가 나인지를 모르겠다. 생각할수록 머릿속이 뒤죽박죽 헝크러졌다.

강좌가 끝난 후 간호사 스님과 이야기꽃을 한참을 피우고는 절을 나섰다. 화려한 불빛으로 가득한 도심 속에서 벗어날쯤, 낙동강 교각 아래로 흐르는 강물이, 은은하게 흔들리는 불빛이 아름다웠다. 차창 문을 조금 내려보니 콧등으로 가을향이 물씬 다가왔다. 산산하게 불어오는 초가을 바람은 지친 나의 일상을 닦아내어 가고, '쉼'이라는 귀한 손님을 살짝 보내 주었다.

걸리적거리는 존재

어느새 익어가는 중년이 되어 버렸다. 종종걸음으로 쉼 없이 앞만 보고 달려왔건만 뭔가 모르게 아쉬움으로 마음 한쪽이 묵직하다. 지난 새파란 삼십 때는 지금 내 나이가 되면, 그동안 열심히 살아온 것에 대한 보상을 받을 거라 믿었다. 나날이 즐겁고 시간의 여유를 만끽하면서 행복한 날을 보낼 줄 알았다. 하지만 지금의 내 삶은 다르다. 기대하였던 여유로움과 즐거움과는 거리가 좀 있다. 매일 여유 없이 아등바등 살다 보니 어느새 오십 대는 저물어 가고 낼모레면 육십이 된다.

그동안 엄마, 아내, 며느리, 딸로서 참으로 쉼 없이 달려왔다. 그 삶은 반짝반짝 빛나면서도 어깨를 짓누르는 명패들이다. 수십 년 동안 주어진 명패를 위해 정성을 쏟았고 부단히도 채찍질하며 살아왔다. 얼마 전부터는 잠시 멈춰서서 나 자신을 되돌아볼 수 있는 시간을 가지고 싶었고 나만의 리듬을 찾고 싶어졌다. 달려온 삶의 무게만큼 아름다운 선물도 가득하지만 뭔가 모르게 엄습해 오는 허전함은 무엇 때문일까. 곰곰이 생각해 본다. 아마도 내가 하고픈 모든 것들을 억누르고 미루어 왔기 때문일 것이리라. 더 늦기 전에 미루어 왔던 것들에 대해 새로운 도전으로, 운동과 글쓰기를 시작하였다.

요즘은 일과 가족에게 얽매이지 않고 오롯이 나만을 위한 시간을 할애하기 위해 무척 노력하고 있다. 지난 주말 지인들과 이른 아침부터 신나게 스크린 골프와 식사를 하고는, 일 주일간 쌓인 피로를 풀면서 생강차도 마시고 발 마사지를 받을 수 있는 교외로 향했다. 가는 길은 작은 공장들이 띄엄띄엄 있었고 아직은 푸르름이 짙은 들녘, 건너편에 옹기종기 앉은 시골집들은 정말 정겹고 예뻤다. 그리고 쭉 뻗은 가로수 길을 천천히 달리며 바깥 풍경을 감상했다. 때 이른 코스모스는 가을을 재촉하고, 여름의 푸르름은 떠나기 싫어 안간힘을 쏟는 듯한 시골의 풍경에 흠뻑 빠져 시간 가는 줄 몰랐다. 그때 옆에 있던 친구가 저 산 중턱에 촌집을 한 채 장만하였고 남편이 너무 좋아한다고 했다. 세컨하우스를 언제 구입하였는지를 묻자 친구는, 걸리적거리는 남편을 위해 큰맘 먹고 몇 달 전에 구입하였다고 했다. 말인즉 남편 퇴직 후 두 달 정도는 그런대로 좋았는데 그 후부터는 갑갑하여 미칠 것 같았다고 했다. 집에 눌러앉아서 시시콜콜 참견하고 하루 종일 파자마 차림으로, 한마디로 거실 지킴이가 따로 없다고 했다. 오늘도 남편은 초등학교 친구 세 명을 불러 닭백숙 만들어 먹고 있다며 신바람 나서 이야기했다. 우리는 어떻게 그런 훌륭한 생각을 하였는지 그리고 존경스럽다는 말을 몇 번을 건네면서 부러워했다.

그때 문득 2년 전 갈바리의원에 입원한 호스피스 환자들을 대상으로 만들어진 다큐의 한 장면이 뇌리에 스쳤다. 남편의 임종을 맞이하는 할머니가 굳은살로 가득한 남편의 발바닥에 얼굴을 부비며 "여보! 다음 생에는 귀하디귀한 발로 살 수 있는 사람으로 태어나소." 하며 눈물을 흘리던 장면이 생각났다.

남편에 대한 애틋함으로 격하게 울부짖던 할머니의 모습에 나도 엉엉 소리 내어 울었던 기억이 생생하다. 지금 우리는 수십 년간 직장 생활을 하고 자의 반 타의 반으로 퇴직한 남편들을 단지, 돈을 벌어오지 않는다는 이유로 짐짝 취급하는 것은 아닐까.

시간이 얼마나 흘렀을까? 나지막한 동산을 품고 있는 마을 힐링 공간에 도착하였다. 우리는 림프를 활성화시키는 방법으로 매일 몸속에 쌓이는 각종 독소를 수소를 이용해 뺀다는 센터장의 설명을 들은 후 족욕기에 발을 담궜다. 편백나무로 정갈하게 꾸며진 카페에서 족욕을 하며 사장님이 제공하는 생강차를 마셨다. 도란도란 일상의 이야기를 나누다 보니 어느새 통창 넘어 해가 지고 있었다. 논과 밭 넘어 뒷산에 걸친 파아란 하늘을 검붉게 물들인 노을을 바라보며 감탄을 자아냈다. 내일부터 정신없이 달려야 되는데 오늘 하루를 오롯이 나를 위해 보내는 것 같아 정말 뿌듯하고 행복했다.

집으로 돌아오는 길에 너무 신이 나서 '나는 행복합니다 나는 행복합니다' 노래를 흥얼거렸다. 어느덧 아파트에 도착해 삐~삐~삐 현관문을 열고 흥분된 기분으로 집에 들어섰다. 현관에서 거실에 있는 남편을 보는 순간 얼마 전에 잠시나마 가졌던 미안한 마음은 물론이고 스물스물 올라왔던 측은지심마저 훅 날아가 버렸다. 가슴이 후끈하면서 머리와 목덜미로 뜨거운 스팀이 분출하였다. 불도 켜지 않고 어스름한 테레비 빛만 있는 거실에서 파자마에 웃통의 단추는 반쯤 풀어 제치고, 소파에 반쯤 누운 자세로 눈이 짓무르도록 폰을 만지작거리고 있는 모습은 참 가관이었다. 후우! 한숨을 쉬고는 억지로 '다녀왔습니다'를 뱉었다. 마음속으로 관세음보살, 지장보살, 불보살님을 수없이 되뇌이면서…
"불 좀 켜고 있지. 저녁은?" 물었다.
천연덕스럽게
"안 먹었는데" 하지 않는가? 나도 모르게 푸우우 하고는 한숨을 내쉬었다.
"라면이라도 끓여먹지?"
"집에 라면 있었나?"

한다. 부엌 수납장에 종류별로 쌓아 놓은 라면을 보지도 못했다 말인가!

‘아, 짜증 나.’ 기가 막혀 내 가슴은 답답하다 못해 화가 치솟아 올라 머릿속 혈관들이 미쳐서 터져 버릴 것만 같다.

‘나무아미타불 관세음보살, 나무아미타불 관세음보살’

이러다 사랑은 커녕 수십 년 동안 쌓인 정마저도 뚝 떨어질 것 같다. 오늘 이 순간 남편은 다시 걸리적거리는 존재가 되었다.

출근길 넋두리

문밖을 나서면 지루한 일상과 마주하게 되지만, 오늘도 어김없이 출근 준비를 하고 서둘러 집을 나섰다. 새벽부터 주룩주룩 내리는 비에 내 차는 깔끔하게 세차 되어 있었다. 빼곡하게 주차되었던 차들은 모두 빠져나간 채 내 차와 또 다른 차 몇 대만 서 있었다.

'사람들 참, 바쁘게 살고 있네!' 그 빼곡히 들어차 있던 차들은 다들 어디로 간 걸까?

내가 사는 아파트 후문에 자리 잡은 편의점 앞 사거리는 항상 차들이 줄지어 서 있다. 경사가 심한 내리막길에서 나는 한 참을 기다렸다. 때마침 경비아저씨 수신호에 따라 내 차가 막 출발하려는데, 직진 차 한 대가 재빨리 진입해버렸다.

뭣이, 그리도 바쁜지 모든 걸 무시하고 차 주둥이를 쑥 내

밀었다. 몹시 못마땅하고 화가 치밀어 올랐다.

‘보소, 나도 바빠요. 제발 질서 좀 지키고 삽시다. 지금 이 시각의 대장은 경비아저씨가 아닌가? 제발 수신호에 충실히 따릅시다.’ 화를 꾹 참고 입속으로 갖은 독설을 내뱉고는 ‘휴우우 관세음보살 참자!’

매일 같이 오고 가는 출근길이지만 오늘따라 버겁게 느껴지고 지친다. 장마비 때문인지, 아니면 반복되는 바쁜 일상에 지친 심신 때문인지. 나른하고 짜증이 난다.

‘아휴, 바쁜데 신호마다 다 걸리네.’ 사고가 났는지 차들이 꼬리를 물며 엉금엉금 기어가고 있다. ‘십분 먼저 나올걸 그랬나?’ 달팽이처럼 쉬엄쉬엄 가고 있는데, 저만치에 공원을 내려다보며 우뚝 치솟아 있는 이 지역에서 가장 비싼 아파트가 보였다.

‘어떤 사람들이 살고 있을까? 오늘처럼 비 오는 날, 커피 향이 가득한 베란다에서 내려다보는 공원의 풍경은 얼마나 낭만적이고 아름다울까? 창문에 타닥타닥 부딪히는 빗소리는 모닝커피 향과 분위기를 더욱 극대화 시켜주겠지?

참으로 행복할 것 같네, 복도 많네! 저 거실 가격이 일반 아파트값이랑 엇비슷하겠지. 왜 나는 그동안 돈에 대해 공부하지 않았을까?’

서서히 비가 그쳤다. 바람이 구름을 밀어내자 파아란 하늘이 살포시 얼굴을 비친다. 목적지를 향해 바삐 달려가는 자동차들 앞길을 햇빛이 환하게 비추며 나를 보고도 방긋 웃어주었다.

'오호 햇살아, 오랜만이네! 너무 반갑다야' 빗물 잔뜩 머금은 싱그러운 초록 이파리들은 영롱함을 뽐내고, 상큼한 풀 내음 가득 실은 바람에 취한 내 마음은 몽글몽글해진다. 비 온 뒤 자연의 풍경을 흠뻑 느끼며 학교로 올라가는 오르막길을 힘차게 달렸다. 길가에 쭉쭉 뻗은 벚나무 실루엣이 어찌 저리도 멋질까? 귀한 햇빛을 한 모금이라도 더 마시려고, 고개를 쏘옥 내민 이파리들은 싱그러운 빛깔을 내뿜고 있다. 참으로 이쁘고 부럽기까지 하다.

캠퍼스에 들어서자 생동감이 흘러넘치고 재잘거리는 웃음소리가 마치 내 안에 있는 열정 에너지를 톡, 터뜨리는 것 같다. '그래 이거지, 이 맛에 꼬박꼬박 출근을 하지!' 지친 몸과 짜증스러운 마음은 온 데 간 데 없고 어느새 열정이 솟구쳤다.

내 월급통장은?

내 월급은 통장에 잠시 머물다 빠져나가기가 바쁘다. 오늘도 나는 얄팍한 내 통장에 실망하고 있다. 25일은 내 월급날이다. 통장은 물이 새듯이 줄, 줄, 줄, 자동인출기에서 정리하느라 분주하게 혹사를 당하고 있다. 아마도 구멍이 숭숭 난 게 틀림없다. 수십 년 동안 남들보다 열심히 산다고 자부했는데, 통장은 항상 여유가 없다. 다른 사람들은 아파트가 몇 채이고 건물이 어떻고 땅값이 많이 올랐다고들 자랑질하는데 난 달랑, 아파트 한 채.

누군가가 말하길 요즘 세상은 열심히만 사는 사람은 밥 먹을 정도로만 살 수 있다고 했다. 그렇다, 나도 진심으로 하루하루에 정말 충실하였고 그저 주어진 일에 열심히 노력하는 것이 성공의 필수 조건이라고 여겼다. 그래서 지금까지 쉴 틈 없이 나 자신을 채찍질하며 앞만 보고 달렸다. 좋은 결과가 따라온다는 생각으로 모든 일에 최선을 다했다. 그런데 오늘 얄팍한 내 통장이 나를 힘 빠지게 한다. 괜스레 위축되고 나에게 실망하고 그동안 살아온 삶에 대해 박탈감을 느낀다. 무엇이 잘못되었는지를 냉정하게 생각해 본다. 그래, 열심히 살았지만 잘 살지는 못하였고 그 방법을 찾는데 게으름을 피웠다. 야구 선수들이 맹렬히 야구 방망이를 휘둘어야 안타도 칠 수 있고, 홈런도 칠 수 있듯이, 성공한 사람들 역시 무수히 배트를 휘두른 결과 남들이 부러워하는 삶을 누릴 수 있었다고 한다. 나는 어떠한가. 헛스윙이 두려워 익숙한 내 일에만 열심히 열정을 쏟았다. 그리고 지금은 그 가시적 결과에 한숨 짓고 있다. 통장 잔액은 나의 살아온 발자취를 적나라하게 비추는 것 같아 더 우울해진다.

모임에서 돌아오는 길에 내 통장이 두툼했다면 '딸들에게 전세가 아닌 자가 아파트에서 살게 해주고, 잔디 마당이 있는 전원주택에서 아기자기한 정원을 가꾸며 살아갈 수 있었을 것이다.' 이런저런 돈의 마력에 푹 빠지고 싶다는 생각으로 가득했다. 과연 나는 지금이라도 뭔가를 바꾸기 위해 그들처럼 과감히 배트를 휘두를 수가 있을까? 그게 말처럼 쉽지는 않을 것 같다. 남들은 생각을 바꾸는 것이 종이 한 장 차이일 뿐이라고 하는데, 수십 년 동안 내 삶 깊숙이 파고든 사고방식을 바꾸는 게 그리 쉽지 않다는 것을 알고 있다. 실패의 수챗구멍에 빠지는 걸 겁내지 않고 거칠 줄 모르고 도전하는 그들의 용기를 한없이 부러워만 하고 있다. 나는 그들의 재산 축적에 대한 정보와 노하우에는 많은 관심을 가지고는 있었지만, 막상 행동으로는 전혀 옮기지를 못하였다. 아니, 돈에 관심이 없는 냥, 고고한 척하면서 돈에 극성스럽게 얽매이는 지인들을 영양가가 있니? 없니? 하며 저울질하였다. 참으로 영양가 없는 궤변이었다. 그렇다고 내 인생의 이십 년이 돌려진들 많은 기회를 잡기 위해 수많은 도전을 실행할 수 있었을까? 자신 있게 '그렇다'라고 답을 할 수가 없다. 아이러니하게도 나는 늘 부자를 꿈꾸었지만 꿈으로만 그려내었고, 그 어떠한 도전도 하지 못하고 늘 변죽만 울리고 끝낼 때가 많았다. 살아온 시간보다 살아갈 시간이 분명히 적다는 것도 알고 있기에 지금부터라도 나의 후반부 인생의 재설계가 절실히 필요함도 알고 있다. 그래, 쓸데없이 부러워하는 그 에너지를 오롯이 나에게 투자하는 방향으로 생각을 바꿔보자! 훨씬 효율적인 삶이 될 것이다. 의사이면서 심리학자인 윌리엄 제임스는 '생각이 바뀌면 행동이 바뀌고, 행동이 바뀌면 습관이 바뀌고, 습관이 바뀌면 인생이 바뀐다'고 하였다.

남의 삶에 휘둘리지 않고 앞날을 살아가려면 나 자신을 단단히 옭아매어야 한다. 더욱더 나를 믿고 존중하는 마음으로 생각을 바꾸어야 한다. 남을 많이 의식하고 소비에 익숙한 내가 지출과 시간을 절제하는 삶을 실천한다는 것이 그리 쉽지는 않겠지만. 나에게는 절제가 꼭 필요하고 일상이 되어야 한다.

시간을 절제하자. 모임을 절제하자. 지출을 절제하자. 어
느 정도 시간이 지난 후 넉넉한 통장을 펼쳐보고는 환하게
웃음 짓는 나를 그려본다.

남편을 '냅다' 버렸다

4월은 나에게 너무 힘들었다. 가까운 사람들이 영영 돌아올 수 없는 길을 떠나 버렸다. 내 마음이 이렇게 아픈데 수십 년을 함께한 배우자들의 슬픔은 어떠한 단어로도 표현할 수가 없을 것이다. 한날한시에 함께 갈 수 없는 곳이 그곳이다. 우리 모두에게 평생을 함께한 배우자를 잃어버리는 충격은 말로 형용할 수 없는 큰 슬픔이다. 단지 그 슬픔의 강도를 마음으로 헤아려 볼 뿐이다.

퇴근길에 요즘 유명한 가수가 부른 「어느 60대 노부부의 이야기」가 잔잔하게 흘러나오고 있다. '여기 날 홀로 두고 여보 왜 한마디 말이 없소, 여보 안녕히 잘 가시게' 마지막 가사를 듣는 순간에 갑자기 가슴이 먹먹해지고 북받쳐 나오는 눈물 때문에 도저히 운전을 할 수가 없었다. 조용한 곳에 차를 세운 뒤 엉엉 소리 내어 한참을 울었다. 아마도 사랑하는 가족을 두고 먼저 떠난 사람과 남아있는 그 가족들 모두가 너무 애처로워 눈물이 마구 쏟아졌을 것이다.

'인생 아무것도 아니다' 나도 모르게 후~우 깊은 한숨이 절로 나온다. 참, 허망하네! 누구나 죽음을 향해 한 걸음 한 걸음 가고 있는데, 우리는 마치 삶이 무한한 것처럼 하루하루를 억세게 몸부림치며 살아가고 있다. 죽음을 전혀 생각지 않고 찬란한 인생 그림을 그리며 살아간다. 누군들 죽음을 피해 갈 수 있으랴. 또 예기치 못한 죽음을 맞을 수도 있을 것이다. 그때 남은 가족 특히 배우자의 슬픈 고통은 감히 짐작조차도 할 수가 없다. 지금부터라도 남은 가족들을 위해 하나씩 정리할 필요가 있다는 생각과 함께 나에게 남편은 어떤 존재인가를 곰곰이 생각해 본다.

항상 듬직한 뿌리 깊은 버팀목이고 나의 조력자이지만 나를 가장 화나게 하는 사람도 남편이다. 고지식하기로는 이 지구상에서 최고이며 내 말을 제일 듣지 않는 사람이다. 한 번씩 남편을 껌 씹듯이 잘근잘근 씹어대는 즐거움은 이루 다 말할 수가 없다. 그래도 내심 꼭 필요한 존재이며 미울 때보다는 예쁠 때가 더 많음을 알고 있다.

몇 년 전 남편을 과감히 버린 생각에 나도 모르게 피식 웃음이 튀어나왔다. 호스피스 교육에서 나에게 가장 소중한 물건 열 가지를 선택하여 배에 싣고 가는 중, 거친 풍랑으로 배가 침몰 될 위기에 처했다. 내가 꼭 살아남는다는 조건에서 갖고 온 물건을 하나씩 버려야 되는 상황에 닥쳤다. 제일 먼저 각종 문서를 버리고 다음에는 통장을 버린 후 보석함도 아낌없이 후딱 던져버렸다. 그리고 부모님들도 순서대로 버렸다. 마지막 순간까지 남은 큰딸 작은딸 그리고 남편 중에 선택을 해야되는 상황에 놓였다. 나는 한 치의 망설임 없이 남편을 '냅다' 바다에 던져버렸다. 자식과 남편은 저울질의 대상이 되지 않았다. 최후에 큰딸과 작은딸 중에 선택을 해야 될 때는 주위를 아랑곳하지 않고 가슴을 움켜쥐고 대성통곡을 한 기억이 난다.

그 외 유언장을 쓰고 내 수의를 만들고 가족에게 남기고 싶은 묘비명을 적은 후 입관 체험을 통해 죽음을 미리 경험해 보았다. 교육을 통해 죽음을 내 삶의 일부로 기억하며 어느 정도 남아있는지는 모르지만 남은 내 삶을 소중하게 완성하겠다고 다짐한 기억이 새록새록 난다.

곰곰이 생각해 보니 삶과 죽음의 경계선은 몇 초 사이에 결정 난다고 할 수 있다. 죽음의 문턱에 선 환자 심전도 모니터에서 '삐— 소리와 함께 일직선으로 그어지면 의사는 '○○○님 몇 년 몇 월 몇 일 몇 시 몇 분에 사망하였습니다' 하고 사망 선고를 한다. 그 과정에 걸리는 시간은 허무하리만치 짧다. 몇 초 순간에 이 세상에서의 여행을 끝내고는 영원히 돌아올 수 없는 죽음이라는 새로운 세상으로 여행을 떠난다.

나는 그 순간 아무런 미련과 고통 없이 미소를 머금은 채 편안하게 새로운 세상으로 떠나고 싶다. 어느 순간이 될지는 모르지만 갑작스러운 죽음보다는 죽음을 예견하고 남편

품에서 마지막을 마무리하고 싶다. 남편은 틀림없이 '인정사정없이 바다에 냅다 버린 사람이 죽을 때는 나를 찾는다고, 욕심이 아주 과하십니다'라고 핀잔을 줄 것이다. 하루하루가 헛헛한 세상살이에 이런 쬐그만한 이기적인 욕심을 품어보며 웃음을 머금는다.

사람은 누구나 떠난 자리에 뒷모습을 남긴다. 나의 뒷모습은 어떨까. 멋스럽고 좋은 향기가 가득한 사람으로 남을 수 있을까.

특별한 외출

　알람 소리에 벌떡 일어나 시계를 봤다. 새벽 5시 수요일 간호법 제정을 위해 전국 간호사들의 간절한 마음을 뭉치는 날이다. 2022년 5월 17일 보건복지위원회를 통과하여 법제사법위원회에 상정된 '간호법'이 심사조차 시행되지 못하고 계류 중에 있다. 이에 우리 간호사들은 한겨울 맹추위에도 불구하고 국회 앞 1인 릴레이 피켓 시위와 매주 수요일 국민의 힘 당사 앞에서 수백 명이 모여 간호법 상정을 위한 수요 집회를 하고 있다.

　오늘은 내가 집회에 참석하는 날이다. 방한 패딩과 방한 부츠로 단단히 무장을 하고는 6시 30분에 집을 나섰다. 아직 날이 밝지 않아 어둑어둑하고 이른 아침이라 경전철 안은 붐비지 않았다. 대부분의 사람들은 조용하게 폰에 집중하고 있었지만, 바쁜 일상에 지친 고단한 삶의 모습이 역력했다.

김해공항에서 간호대 학생들, 간호대 교수님들, 각 병원 간호사들과 보건교사 등 16명이 출발하여 50분 후 김포공항에 도착하였다. 햇살은 봄날인데 공항 밖으로 나오니 차가운 공기가 제법 쌀쌀했다. 지하도에서 커피와 샌드위치로 아침 요기를 하고는 9시 40분쯤에 '국민의 힘' 당사 앞에 도착했다. 전국에서 올라온 간호사, 간호 대학생 등 300여 명이 모였다. 간호법 제정의 글귀가 새겨진 부스로 가서 마스크와 연두색 티, 핫팩을 지급 받고 경남 간호지부 피켓 앞으로 가서 5열 종대로 줄을 섰다. 열 시 정각에 대한간호협회 손 이사의 구령에 따라 목청껏 구호를 세 번씩 반복하여 외쳤다.

첫째, 국민의 힘은 총선과 대선에서 약속한 간호법을 즉각 제정하라.
둘째, 국회법사위 소속 국민의 힘 의원들은 간호법을 즉각 통과시켜라.
셋째, 윤석열 대통령과 국민의 힘은 간호법 제정 약속을 이행하라.

'간호법 제정하라, 간호법 제정하라, 간호법 제정하라'의 구호를 열두 시까지 핏줄이 터지라 외치고 또 외쳤다. 시린 손과 발가락을 꼼지락거리며, 침으로 범벅이 된 마스크 안에 휴지 한 장을 넣고는 국회의사당까지 '간호법 제정'을 외치며 거리 행진을 했다. 간호법 제정을 뜨겁게 외치는 수요

거리 집회는 50회를 훌쩍 넘도록 지속적으로 진행되었다.

우리나라의 간호역사는 꽤 오래되었다. 조선 시대 의녀 제도부터 1902년 에드워드Edmunds, M.에 의해 간호양성소가 설립된 후, 간호사는 우리나라의 전문 직업으로서 확고한 위상을 차지하고 있다. 통계청 자료에 따르면 간호사 46만 명에 간호학생을 포함하면 60만 명을 넘어선다. 의료인 열 명 중 간호사가 일곱 명을 차지하고 있지만 우리나라에는 아직도 간호법이 없다. 1948년에 의사와 병원 중심으로 제정된 의료법만 있을 뿐이다. 세계적으로 90개 국가에는 간호법이 있으며 OECD 국가 중 유일하게 간호법이 제정되지 않은 국가가 대한민국이다.

우리나라는 많은 국가에서 부러워하는 경제 대국 즉 선진국 대열에 위풍당당하게 올라섰지만 간호환경과 간호사에 대한 인식은 70년 전과 다를 바가 없다. 오늘도 많은 간호사들은 살인적으로 과중한 업무와 지속적인 교대 근무를 하고 있다. 심신을 탈수기에 짜듯이 탈진할 정도로 일에 시달리고 있는 게 현실이다.

현재는 많은 간호사들이 의료 현장을 떠나고 있다. 면허증을 소지한 간호사 46% 정도만 간호 현장에서 일하고 있다. 참으로 안타까운 현실이다. 나의 두 딸도 임상에서 간호사로 일하고 있다. 오늘 나의 뜨거운 외침이 두 딸과 나

의 제자들의 앞날에 조금이나마 도움이 되었으면 한다. 간
호사라는 직업에 대해 더 자부심을 갖고 좋은 근무 환경에
서 당당하게 일할 수 있는 미래가 보장되는 세상이 되었으
면 한다.

* 2024년 6월, 완전하지는 않지만 간호법이 제정되어 시행중이다.

행복한 일탈

벚꽃이 바람에 흩날리는 날! 리조트를 공짜로 사용할 수 있다는 말 한마디에 우리는 경주로 향했다. 여행을 결정하기까지 대략 한 시간쯤 걸렸다. 차근차근 계획하고 떠나는 여행도 좋았지만, 오늘처럼 즉흥적인 여행이 더욱더 설렘을 주고 뭔지 모를 묘미가 더 할 것 같아 흥분되었다. 계획에 없던 주말여행이라, 괜시리 미안한 마음에 "여보, 내 인생이 숨가쁘게 바쁘네요." 아무 반응이 없다.

"석사 동기들이 갑자기 경주 벚꽃 구경 가자고 하네. 마누라 인생이 참으로 행복하다고 생각하지 않냐?" 남편은 겨우 "찾는 사람 많아서 좋겠수다" 하고는 묵묵부답이다.

집을 떠나서 여행을 한다는 설렘에 들떠서 더 이상 남편에게 신경을 쓸 겨를이 없었다. 장범준의 '봄바람 휘날리며 흩날리는 벚꽃잎이… 둘이 걸어요' 벚꽃엔딩을 흥얼거리며 집을 나섰다.

고속도로에 들어서자마자 금요일 퇴근길이라 그런지 가다서다를 반복하였다. 창밖으로 펼쳐진 푸르디 푸른 녹색의 싱그러움과 살랑살랑 부는 바람에 흩날리는 벚꽃 속으로 달리는 기분은 말로 표현할 수가 없고, 행복 그 자체였다. 그 순간 나는 영화 속 주인공이 되고 관객이 되어서 나를 바라보는 추억에 잠겨버렸다. 영화의 엔딩 자막처럼 아주 짧은 순간에 지난날들이 주마등처럼 그려졌다. 2012년 9월 우리는 가야대학교 보건대학원 간호학과에서 만났다.

나는 수십 년 넘게 임상에서 근무하며 나름 역량을 한껏 발휘하고 있었고 그에 따른 성취감과 내 나름 높은 자부심도 가지고 있었다. 그런데 마음 한 켠에서는 뭔가 모를 허전함이 스멀스멀 피어났고, 마음의 갈증과 허기를 느끼고 있을 때 석사과정 입학 권유를 받았다. 나는 허기와 갈증을 채우는 도구로 석사과정 진학을 선택하였다.

대학원 1기생들은 간호부서장들 모임이라고 해도 될 정도였고 대부분 친분이 있었다. 각자 진학의 목적은 달랐지만 배움에 대한 갈증을 해소하고 막연한 미래를 위한 자기계발을 하기 위함이었다. 동기생들은 직장에서는 '내가 난데' 하며 카리스마가 장난 아니었지만, 석사과정 학업에 있어서는 영락없는 초년생이었다. 예를 들자면 수업 중에 교수님들께서 과제와 기타 내용을 공지하면, 우리 10명은 각자 다른 해석을 하였기에 그에 대한 팩트를 찾기 위해 한참을 헤매는 과정을 거쳐야만 했다. 강의가 끝난 후 당일 수업 내용에 대해 머리를 맞대어 열띤 토론의 장을 펼쳤지만, 매번 내용은 리셋되어 다음 수업은 항상 새로 시작하는 느낌이었다.

늦게 시작한 공부이니만큼 머리에는 들어오지도 않고 따라가기도 무척 힘들었다. 직장을 다니며 학업을 병행한다는 것은 정말 녹록하지 않았다. 무지하면 용감하다고 늦은 나이에 공부를 한다는 것이 얼마나 힘든 일인지를 모르고 시작한 것이다. 공부에 대한 자신감은 공기보다 가벼웠고 스트레스는 물먹은 솜이불처럼 무거웠다.

하지만 우리는 학업을 제외한 잿밥에는 열정적이었다. 강의에 대한 준비보다는 간식 준비에 정성을 쏟았고, 수업에 대한 토의 보다는 직장 업무와 관련한 에피소드에 대해서는 시간 가는 줄 모르고 이야기를 나누었다. 과제가 주어지면 하나같이 시간없어 못한다고 앙탈을 부렸지만 발표할 때는 입이 쩍 벌어질 정도로 완벽, 그 자체였다. 우리 동기생들은 서로의 역량을 부러워하며 격려하였다. 바쁜 와중에도 정기적 여행뿐만 아니라 수시로 번개팅으로 여행을 떠났다. 신라의 역사가 숨 쉬는 경주, 우리나라에서 가장 먼저 해가 뜨는 포항, 출렁이는 바다와 젊음의 맛에 취하고자 떠난 해운대 여행 등. 생각만 해도 엔돌핀이 팍팍 솟는 즐거운 추억들로 가득하다. 참으로 좋은 인연들이며 좋은 동기생들이다. 특별히 잘난 사람도 없고, 그렇다고 못난 사람도 없다. 다정다감하고 배려심 깊고 상대가 부담 느끼지 않게 선 넘지 않는 편안한 동기생들. 그들이 있어 참 행복하다.

　지나간 추억들을 떠올리며 행복감을 만끽하는 중에 차창 밖 풍경들과 눈이 마주쳤다. 가로등 불빛 사이로 어여쁘게 핀 벚꽃들이 춤추는 모습에 우리는 감탄을 자아냈다. 잠시 후 자연의 아름다운 모습을 최대한 살린 리조트에 도착하였다. 비록 밤이었지만 정원사들의 우아한 손길을 느낄 수 있었다. 정원의 아름다운 풍경은 누구에게도 방해받지 않고, 안락한 휴식을 즐길 수 있도록 꾸며진 럭셔리한 장소였다. 예약된 숙소로 가는 산책로를 걸어가다 땅에 떨어져 길을 반쯤 덮은 하얀 벚꽃잎들과 만났다. 마치 내가 걸을 때마다 발아래에서 '아얏' 소리를 지르는 것 같다. 인간들과 마찬가지로 꽃들도 일생이 있다. 수많은 꽃 중에서 유달리 벚꽃의 짧은 생이 아쉽다는 생각을 했다.

　내부에 들어가자마자 탄성이 절로 났다. 우아하고 감각적인 공간디자인, 바쁜 일상의 피로를 사르르 녹일 수 있는 월풀욕조, 안락하고 깔끔한 침실 모두가 우리를 흥분시켰다. 준비해 온 음식으로 행복 가득한 저녁 식사와 함께 도란도란 많은 이야기 나누었다. 차와 과일을 준비해서 조그마한 찜질방에 옹기종기 모여 앉았다. 시간 가는 줄 모르고 웃음꽃을 피우는 사이 몸과 마음은 스르륵 풀어졌다. 커다란 창문 넘어 잘 가꾸어진 정원수들이 '아! 행복하다'를 속닥거리며 우리가 있는 곳으로 살금살금 다가오는 것 같았

다. 지금 내 옆에서 도란도란 이야기꽃을 피우는 귀한 인연
들과 쉼을 보내고 있는 이 순간이 참, 행복하다.

이
인
희
李仁熙

1970년 서산에서 태어나 서울에서 학창 시절을 보내고 현재는 경남 김해가 삶의 터전이다. 서울아산병원 간호사로 출발하여 15년간 덕천부민병원, 조은금강병원 외 수술실에서 근무했다. 30년째 임상 현장에서 일하고 있으며, 현재는 김해사랑병원 간호부장으로 재직하면서 가야대 · 김해대 겸임교수로 활동하고 있다.

| 논문 및 저서 |
「북한이탈주민의 사회적응에 미치는 영향요인」, 「임상간호사의 가족지지지도가 직무스트레스에 미치는 영향」과 여행기 「아픔과 서러움이 잔존해 있는 도시 '목포'」(경남간호 25호 투고)가 있다.

토요일은 내꺼!

월요일? 금요일이 기다려진다 벌써?
난 안다. 금요일이 지나면 토요일이 온다는 것을

그래, 금요일 저녁은 무슨 일이 있든 없든 마냥 좋기만 하
다
토요일은 온통 나의 것이므로
직장인은 모두 같은 마음이 아닐까.

온전히 나에게 주어진 토요일
날 기다리는 하루
상상만으로도 즐겁다

온 종일 책,
글쓰기 강의,
재밌는 영화,
아니아니,

집안을 발칵 뒤집어 놓고 신나게 대청소,
아니면 침대를 피로회복제 삼아 그냥 누워서 뒹굴뒹굴?

무엇이든 다아 좋다. 토요일은 내꺼니까!

골목길 풍경

춥고 쌀쌀한 날씨지만 아침 해가 환하게 세상을 비추고 있었다. 내가 출근하는 길은 늘상 똑같다. 내가 사는 아파트에서 나와 학교 앞 건널목을 하나 건너면 초등학교 정문을 지나 골목길에 들어선다. 좁디좁은 골목이라기보다는 다가구들이 즐비하게 늘어선 주택가 사잇길이다. 난 응달진 곳을 피해 걷는 습관이 있다. '이 골목으로 걸어가 볼까?' 하다가도 '아니 여긴 왜 이리 춥게 느껴지지? 아! 해가 없구나!' 하면서 다시 조금 더 몇 걸음을 옮겨 해가 조금이라도 더 비치는 쪽으로 발걸음을 옮긴다. 골목을 지나면 큰길이 나오고 건널목을 건너 조금 걸으면 내가 일하는 병원이 있다.

주택가엔 '빈방 있음', '원룸 있음', '월세 10만 원'이라고 적힌 전단지들이 붙어 있는 풍경을 종종 볼 수 있고, 밥하는 소리와 생선 굽는 냄새가 코를 자극할 때도 있다. 학교

가려고 이 집 저 집에서 귀여운 아이들이 재잘거리며 엄마 손을 잡고 나오는 모습들도 볼 수 있다. 한 겨울이라 두꺼운 옷을 입고 머리를 꽁꽁 싼 얼굴이 아주 조금밖에 보이지 않아 더 귀엽게 느껴진다. 10분쯤 걸리는 아주 짧은 거리지만 골목길 풍경은 참 정겹다.

여느 날처럼 큰길에 도착했는데 방금 초록불에서 빨간불로 바뀌어 잠시 신호등 앞에 서 있게 되었다. 그런데 오늘은 나의 등 뒤로 비치는 햇빛으로 인해 몸과 마음이 따뜻해진다는 생각이 물씬 들었다. 난 누가 보든지 말든지 자연스럽게 몸을 돌려 나의 온몸을 감싸고 있는 해를 향해 조용히 눈을 감고 섰다. 눈을 감으니 세상이 온통 붉다. 내 몸의 아픈 곳이 다 나은 듯하고 뭔가 좋은 기운이 흐르는 것 같아 기분이 좋다. '계속 여기 있고 싶다. 아 행복하다!' 한여름의 뜨거운 햇볕은 피하고 싶지만 1월 초 오늘의 햇살은 너무나 따스해서 함께 하고 싶다. 오늘 아침에 누가 "세상에서 뭐가 제일 좋으냐"고 물어본다면 서슴지 않고 지금 나를 감싸고 있는 햇살이 가장 좋다고 말하고 싶다.

오늘의 골목길 풍경과 햇빛은 그 어느 것과도 바꿀 수 없는 소중한 나의 추억이 되었다.

네가 내 마누라야!

외래 상황을 보려고 잠시 1층에 내려갔다. 병동 실습 학생이 땀을 뻘뻘 흘리며, 한 할머니의 가방을 들고 따라다니는 모습이 보였다. 할머니는 지팡이를 짚고 사복을 입었는데 상태가 매우 불안정해 보였다. 사복을 입은 걸로 보아 입원환자는 아닌 것 같은데 무슨 일인가 싶어 가까이 가서 학생에게 물어보니, 우리 병원에 입원하셨던 분이고 퇴원하실 건데 가만히 안 계셔서 낙상 위험도 있고 해서 보호자가 올 때까지 지키고 있는 것이라고 했다. 인수인계 시간이어서 잠시 수간호사가 학생에게 할머니 옆에 붙어 있으라고 한 것 같았다. 학생은 얼마나 할머니에게 시달렸는지 이미 지쳐있었다.

할머니는 술을 먹은 것처럼 비틀거리고 사람들을 힐끗힐끗 쳐다보며 욕도 하고 특히 학생에게 따라오지 말라고 소리를 지르곤 했다. 잠시 후 병동 수간호사가 보였다. "아니

무슨 일인데 수샘(수간호사)까지 내려왔어요?” “저 할머닌 그냥 혼자 놔두기엔 치매 증상도 있고 퇴원 약을 드렸는데, 그새를 못 참고 병에 든 약을 자기 맘대로 입에 몇 알 빼고 다 털어 넣었어요. 그래서 학생보고 따라다니라고 했어요. 병실에서는 난리도 아니었어요”. “보호자는요? 보호자 연락해서 빨리 모시고 가도록 해야지 언제까지 이러고 있으려고 그래요?” “상황이 이래서 불안하기도 하고 빨리 모시고 가야 할 것 같아서 보호자에게 연락을 오전부터 했는데 온다고 하면서 아직도 안 오고 있어 일이 이렇게 됐어요.” 한다.

할머니는 특히 담배를 자주 피우는데 금방 나갔다 왔는데도 자꾸만 또 나가려고 한다는 것이다. 그러다가 넘어지기라도 하면 병원이 책임질 일이 생길 수도 있어서 걱정된다는 것이다. 그 사이에도 할머니는 로비에서 계속 소란을 피웠다.

난 가까이 가서 밖으로 나가려는 할머니를 제지하며 여기서 보호자 올 때까지 가만히 앉아 계시라고 했다. 그런데 갑자기 입에 담지 못할 욕을 했다. 기분이 나쁘기보단 ‘참 안되셨다’라는 안타까운 마음이 들었다. 인지기능이 떨어지니 자기 조절도 안되고 제멋대로였다. ‘우리는 잠깐이지만 늘 돌봐야 하는 보호자는 얼마나 힘이 들까?’ 담당 의사도 며칠 지켜보더니 통제가 전혀 안되고 간호사들도 할머니 옆에만 붙어 있을 수가 없을뿐더러, 여기서는 도저히 안 되겠다고 판단했기에 보호자에게 통보하고 퇴원 오더를 내게 된 것이다.

담배를 피우러 또 밖으로 비틀거리며 나가려고 해서 나도 같이 따라 나갔더니, 다 꺼지라고 또 욕을 퍼붓는다. 그러더니 정문 계단에 털썩 주저앉는다. 차라리 돌아다니는 것보다 환자도 안전하고 따라다니는 학생도 덜 힘들 것 같아 잘 되었다고 생각했다. 그런데 그것도 잠시, 또 일어나려고 했다. 난 보호자가 올 때까지 그냥 앉아 계시라고 했다. 하지만 막무가내였다.

할머니는 병원비를 내겠다고 자기 몸도 못 가누는데 몸을 일으켜 달라며 끙끙대며 일어나 병원 로비로 비틀거리며 들어갔다. 그 짧은 거리에도 자꾸 쓰러지려고 해서 부축했더니 갑자기 "이 씨××년아." 하면서 지팡이로 나를 공격했다. "어르신! 넘어질까 봐 도와주려고 그러는 거예요. 그냥 가만히 좀 계세요"했더니 "내가 병원비 안 줄까 봐. 어? 이것들이 날 감시하네." 소리를 지르며 주먹으로 내 팔을 세게 쳤다. 할머니가 온전한 정신이 아니다 보니 힘도 셌다. 그러더니 또 고래고래 소리를 지른다. "그깟 돈 안 낼까 봐 그래? 응? 더러버라. 아이고, 더러버라." 하신다.

옆에 있던 수간호사도 갑작스러운 일이 벌어지니 "부장님 괜찮으세요?"하고 묻는다. "난 괜찮아. 그런데 보호자도 없이 이런 환자를 병동에서 며칠씩 어떻게 돌본 거야. 선생님들도 참 대단하다."

어중간하게 불편한 노인 환자분은 낙상 문제로 늘 고민스럽다. 그리고 대개 입원시킬 때 보호자가 있어야 한다고 강조하지만, 현실은 잘 지켜지지 않는다. 그러면 보호자가 해야 할 그 모든 일을 부족한 인력의 간호사들이 하게 된다.

어떤 간호사는 입원환자가 자리에 없어 '잠깐 매점이라도 갔겠지'하면서 기다리다 환자가 오지 않아 전화하면 "네가 내 마누라야! 응? 내가 어디 있든 네가 무슨 상관이야? 볼일 보고 알아서 들어갈 건데, 왜, 전화하고 난리야?"라며 화부터 내는 환자들도 있다고 했다.

정말 간호사 업무의 한계는 어디까지일까? 병원에선 늘 환자 관리를 잘하라고 강조하고 교육도 한다. 환자의 안전이 우선이라는 걸 우리 간호사들은 잘 안다. 하지만 간호사는 언제까지 이런 식으로 일해야 하는 걸까? 환자나 보호자들이 병원에서의 기본 에티켓만이라도 지켜주면 얼마나 좋을까? 변하지 않는 현실이 참 슬프고 안타깝기만 하다.

간호사가 천사라고요?

간호사 구인난이 갈수록 심각하다. 면허가 있는 사람은 많지만 정작 임상에 가보면 너무나도 열악한 환경에 놀라서 현장을 다 떠나간다. 간호사가 부족하다는 이유로 계속 간호대학 정원은 늘려서 이젠 간호사가 포화상태이다. 그런데 현장에서는 역설적이게도 늘 간호사 부족으로 허덕이고 있다. 특히 중소병원인 경우엔 더 심각한 상황이다. 간호사가 퇴사하면 간호사 충원이 어려워 대체 간호인력을 채용할 수밖에 없는 현실이 된다. 현실을 모르는 이들은 간호사가 이렇게 많은데 왜 간호사를 못 구하느냐고 묻는다. 간호사로서 할 말은 많지만, 차마 다 말로 표현할 수는 없다. 하지만 조금만 관심을 갖고 간호 현장을 들여다보면 그 현장의 열악함을 곧 알게 된다.

일주일 전 일이다. 간호사 이력서가 이메일로 접수되어 이력을 찬찬히 본 후 지원자에게 전화를 걸었다. 그 간호사는 처음 간호업무를 시작한 곳도 종합병원, 그리고 여기저기 다니다가 최근 그만둔 곳도 종합병원이라고 했다. 그래서 왜 종합병원을 그만두었냐고 물으니까 환자 50명을 둘이서 간호했다고 한다. 책임 간호사 한 명, 액팅 간호사 한 명 이렇게 둘이서 근무하는 경우가 허다했다고 한다. 우리 병원처럼 아주 작은 규모의 병원에서도 인력을 그렇게 돌리지는 않는다. 이해가 가지 않아 둘이서 종합병원의 환자 50명을 간호하는 게 말이 되느냐고 난 반문했다. 그 간호사의 말이 물론 수간호사도 있지만 수간호사는 일하지 않는다는 것이다. 시스템도 문제지만 인력은 구해지지 않고 업무는 너무 과중하여 참고 참다가 그만두고 잠시 쉬고 있었다는 것이다. 어느 병원이라고 말하면 우리가 다 아는 종합병원이기에 참 이해하기 어려웠다. 외부에서 볼 땐 너무나 잘 돌아가고 시스템도 어느 정도 잘 갖추어져 있어 보인다. 하지만 막상 잘 돌아간다는 병원들의 현장 이야기를 들으면 참 많이도 다르다.

최근 또 다른 인근 종합병원의 병동 시스템을 알게 되어 적잖이 놀란 적이 있다. 당연히 병동은 3교대로 8시간씩 근무한다고 생각하고 있었지만 실상은 2교대 하는 병동이 두 개나 된다는 말에 너무나 놀랐다. 요즘은 주 40시간을 지키려고 사측에서도 많이 노력하는 상황이어서 더욱 더 의아해할 수밖에 없었다. 2교대니까 8시간씩 근무가 아니고 12시간씩 한다는 것이다. 2교대는 급여는 많을지 몰라도 장기 근무를 계속하게 되면 간호사들을 정말 너무 지치게

만든다.

　간호사들 급여가 많다고 하는 분들이 종종 있다. 하지만 밤 근무를 하지 않으면 수당이 없어 급여가 정말 적다. 의사들 월급이 신규간호사들의 연봉 수준이다. 그래서 협회 차원에서 간호사 처우개선과 업무 환경을 개선해 달라고 수년간 주장해 오고 있는 것이다. 하지만 그것도 쉽지 않다. 서울의 '상위 5대 병원'은 물론 조금 다르다. 최근 세브란스병원은 간호사 이직을 줄이기 위해 최초로 '주 4일제'를 도입했다고 한다. 하지만 대부분 병원은 시스템이 비슷비슷하다. 그만두고 싶어서 그만두는 것이 아니라 업무가 너무 과중하니까 이젠 지쳐서 일을 계속할 수가 없는 것이다.

　교육하는 선배 간호사들도 신규간호사들을 가르쳐 놓으면 나가고, 또 나가고 하니 힘들고 지치긴 마찬가지이다. 그래서 선배 간호사 또한 안정된 병원을 찾아 떠나려 한다. 배우는 신규 간호사들은 배울 건 너무나 많고 모르는 것 투성이니 뭐가 뭔지 헷갈려 무섭고 힘들기만 하다.
　아무리 열심히 한다고 해도 배워야 할 것들이 수없이 많고 또 환자 케이스마다 다 다르게 적용해야 하니 작은 사고가 자주 일어난다. 하지만 신규 간호사라고 실수를 다 덮어 줄 수도 없으니 교육해야 하는 입장에서는 난감한 일이다.
　적정 인력도 되고 시스템이 잘 갖춰진 병원이라도 신규

간호사에 의해 일어나는 환자 안전 사고는 1년 동안 전체 사고의 70%나 된다고 한다. 그러니 열악한 환경에서는 얼마나 많은 사건·사고가 일어나겠는가? 악순환의 연속인 셈이다.

현장이 이러니 간호 학생들의 정원을 늘리는 게 급선무가 아니고 현장에서 잘 적응할 수 있는 방안이 먼저 마련되어야 한다. 4년간 공부하고 국가고시에 합격하여 간호사가 되었는데 임상에서 너무 힘들게 일하다 보니 퇴사 후에 다시는 간호사 일을 하지 않겠다는 간호사도 많다. 물론 임상 현장이 아니라도 길은 많지만, 임상 근무가 70% 정도를 차지하는 상황에서 간호사들이 병원을 떠난다면 환자들은 과연 누가 돌본단 말인가?

현장은 이러한데도 우리 사회는 간호사에게 백의의 천사로서 역할만을 기대한다. 그래서 우린 '간호사가 천사다'라는 말에 웃을 수 밖에 없다.

서울에서 나의 첫 직장이 떠오른다. 결코 쉽지는 않았다. 임상 현장과 특히 종합병원 또는 중소병원들의 열악한 상황은 좀체 변하지 않는 것 같다. 우리는 선배로서 다음 세대에게 간호사의 길을 가라고 과연 권유할 수 있을까?

프리셉터Preceptor, 프리셉티Preceptee

화요일 오후 특별한 이벤트 없이 하루가 지나가고 있었다. 그런데 갑자기 제주로 여행 간 병동 수간호사로부터 전화가 왔다. 2개월 전에 입사해서 잘 적응하던 A간호사인데 갑자기 힘들어서 못 하겠다는 연락을 받았다고 한다. 휴가 끝에 이게 웬 날벼락인지 모르겠다고 했다. 이유가 뭐냐고 물어보니 '일도 힘들고 두 명의 선배 간호사가 좀 부담스럽고 왠지 모르게 소외된 느낌이 들었다'고 했다.

수간호사가 '처음엔 다 그렇다. 일이든 사람 관계든 다 시간이 걸린다. 일도 바쁘고 힘든 데다가 사람에게 받은 스트레스가 많았구나. 왜 미리 얘기 안 했냐'라고 이야기했더니 계속 고민이 됐는데 A간호사는 그냥 하루하루 참으며 일했다고 했다.

며칠 전엔 출근하기로 했던 또 다른 간호사는 갑자기 가슴이 아파 초음파 검사를 하고 조직검사를 했는데, 유방암

진단을 받아 입사가 취소되는 일이 있었다. 그런데 엎친 데 덮친 격으로 이제까지 조용히 잘하고 있던 A간호사가 갑자기 일을 못하겠다고 하니 '마른하늘에 날벼락 아닌가!' 안 그래도 병동을 통합하고 난 후 환자가 늘어서 두 개 병동에서 힘들게 일하고 있는데 앞이 캄캄해진다.

A간호사에게서 거론된 두 사람은 3년간이나 한 병동에서 아무 일 없이 잘 지내고 있는 간호사들이다. 신규 간호사들을 잘 교육했고 동료들과 협업도 잘 되고 환자에게도 잘하는, 한마디로 인성도 괜찮고 일 잘하는 간호사들이다. 그런데 그 두 사람으로 인해 스트레스를 받았다고 하니 참 난감한 일이었다. 물론 모든 사람은 다 상대적이라 어떤 사소한 일들이 있었는지는 모르지만 말이다.

수간호사에게 두 사람과 서둘러 면담해 보라고 했다. 수간호사의 말을 전해들은 병동의 두 간호사는 깜짝 놀라면서 '모르는 거 가르쳐주고 잘 모르면 또 알려주고 A간호사도 비교적 잘 따라 와줘서 서로 크게 문제가 없었다. 전혀, 그런 마음인지도 몰랐다며 어떻게 하냐'고 했다고 한다. '일이 바쁘고 힘들다 보니 세심하게 챙기진 못했지만 나쁜 의도는 전혀 없었고 A간호사에게 전화했지만 전화를 받지 않았다'고 했다. 그리고 문자를 해도 답이 오지 않고 수간호사에게만 미안하다고, 자기가 폐를 너무 많이 끼친 것 같다고 하면서 사직 의사를 밝혔다고 했다.

대학을 갓 졸업한 간호사들이 상급종합병원에 입사하면 업무에 대해 숙지가 되지 않은 상태에서 위중한 환자들을 돌보다 보니, 업무 과중과 선배들의 괴롭힘으로 오래 버티기 어려워 몇 개월도 근무하지 못하고 뛰쳐나오는 경우가 있다. 그래서 마음이라도 편하게 일하자 해서 중소병원에 오는데, 우리 병원에서 이런 일로 간호사가 나갈 줄이야 상상이나 했겠는가!

물론 이번에 거론된 두 사람은 지금까지 그 누구에게 한 번도 부정적으로 이름이 거론된 적이 없었다. 이번에 온 A 간호사는 나이가 좀 있고 예전에 병원에서 일한 경험이 있는 친구라 나이가 비슷비슷한 또래 또는 자기보다 어린 간호사가 선배이다 보니 그것부터 부담이었을 것 같긴 하다.

간호 업무를 배운다는 게 아무리 중소병원이라도 쉽게 되는 것이 아니다. 병원의 기본 업무부터 시작해서 전문 의료 지식까지 공부를 많이 해야 한다. 하지만 요즘 신규 간호사들은 작은 노력으로 쉽게 얻으려고 하는 경향이 있는 것 같다. 선배가 열심히 가르쳤는데도 하루 이틀 쉬고 나면 리셋되어 돌아온다고 한다. 그래도 간호사 한 명이 귀하니 선배 간호사들은 자기 일 다 하면서도 힘들지만, 후배를 교육 하는 일에 전념한다.

병원 생활이나 간호 업무에 잘 적응할 수 있도록 멘토 역할을 담당하는 Preceptor나 모든 걸 새롭게 배우고 적응해

야 하는 신규 간호사 Preceptee가 함께 성장하고 상생할
수 있는 간호 현장이라면 얼마나 좋을까. 아직은 간호 현장
이 매우 힘들고 열악하지만 신규 간호사들이 잘 버텨주기
를 바라는 마음과 간호사들이 현장에서 보람을 느끼며 일
할 수 있는 날이 속히 오길 기대해 본다.

남편이었을까, 샌드위치였을까

간호법 제정을 위한 서울 집회에 김해시 간호사들과 간호대 학생들이 함께 가기로 결정되었다. 하지만 우리는 코로나 방역 수칙으로 인해 버스 안에서 음식을 먹을 수 없는 상황이라 식사 문제로 고민하게 되었다. 회원들은 이른 아침부터 서둘러 집회 장소로 출발해야 하고, 또 집회가 끝나는 동시에 서둘러 와야 해서 식사를 제대로 할 수가 없었다. 어쩜 쫄쫄 굶어야 하는 상황이 생길 수도 있었다. 그래서 궁여지책으로 결정 난 것이 물과 간단한 샌드위치였다. 남편이 운영하는 매장에서 판매하는 '햄엔치즈'라는 샌드위치를 먹기로 결정이 난 것이다. 내가 잠시 자리를 비운 사이, 남편이 운영하는 카페에 주문하자고 누군가 밀어붙인 모양이다. 좀 부담스럽긴 했지만 비싸지 않고 맛도 있기에 샌드위치를 주문하겠다고 했다. 그래서 집회 출발 당일 두 곳으로 정확한 시간에 샌드위치를 배달 해주어야 했다.

화요일 밤 주문을 하면 목요일 새벽에 물류가 온다. 그런데 남편이 화요일 밤 물류 신청을 하면서 갑자기 '샌드위치가 안 올 수도 있다는데' 한다. 나는 절대 안 된다고 했더니 '올 거야'한다. 주문한 샌드위치가 오지 않아 회원들을 온종일 굶게 한다는 건 상상조차 할 수 없는 일이었다. 그런데 대안도 없는 남편은 아무렇지도 않게 올 거라고 말했다. 난 순간 '이 일을 어쩌나!' 만약 진짜로 안 온다면 오십 명이나 되는 회원들을 굶게 만들 수도 있는 상황이었다. 그리고 이른 아침이라 어디 가서 오십 인분이나 아침을 구해 온단 말인가? 난 순간 머리가 하얘졌다. 그게 화요일 자정의 일이었다. 하지만 아직 일어나지도 않은 일, 잠 안 자고 걱정한다고 되는 일도 아니고 남편도 태평하게 말하니 일단 '믿어보기로 하자'하고 포기한 후 잠을 청했다.

목요일 당일 아침이 되니 샌드위치가 잘 도착했는지 살짝 걱정이 되었다. 남편의 새벽 기도가 끝나는 대로 집 앞에서 6시에 만나기로 했다. 물류를 같이 정리하고 샌드위치 배달을 가기로 했던 것이다. 그런데 6시가 되어도 남편은 전화도 받지 않고 오지도 않았다. 난 교회 집사님께 전화해 남편을 보았는지 물었다. 하지만 다들 잘 모르겠다고 했다. 6시 30분에 샌드위치를 전달하기로 했는데 6시 15분까지 연락이 안 되는 상황이었다. 난 혹시나 하고 가게로 달려갔다. 하지만 가게 문은 굳게 닫혀 있었다.

가슴이 철렁 내려앉았다. '어떻게 된 일일까? 사고라도 났단 말인가?' 난 가게 열쇠도 없는데 샌드위치가 왔다고 해도 꺼낼 수도 없고. 남편도 걱정! 샌드위치도 걱정! 어찌 해야 좋을지 머릿속이 하얘졌다. 그리고 이 중요한 날, 약속을 안 지키는 것에 화가 치밀어 올랐다.

난 그 순간에 남편이 걱정되는 건지, 샌드위치를 오십 명이나 되는 회원들에게 제시간에 전하지 못해 굶게 되는 일들이 걱정되는 건지, 원망의 목소리들이 그래서 내가 비난받는 것이 걱정되는 건지, 어느 것이 더 창피하고 화가 나는 건지 몰랐다. 솔직히 말하자면 남편도 걱정이지만 두 번째 문제가 더 컸던 것 같다.

얼마나 가게로 뛰었는지 다리가 후들후들했다. 난 만약의 사태를 생각해 만나기로 한 교수님에게 전화했지만 받지 않았다. 그때 남편으로부터 전화가 왔다. "어디야? 어떻게 된 거야?" 다짜고짜 화를 내며 나는 물었다. 내가 몇 번이나 전화를 한것에 대해 오히려 남편은 "왜 그리 난리야?"라고 한다. "아니 지금 15분인데 30분에 샌드위치를 전달하기로 했고 지금쯤은 출발해야 하는 상황인데 연락도 안 되고 아무도 모른다고 하고, 사고가 났나 하는 생각도 들고 어찌해야 할지 몰라 혹시나 하고 가게에 와도 없으니 그럼 화가 안 나?"

남편은 "오늘따라 목사님의 설교 말씀이 길어져서 앞자리에 앉아 중간에 나오지도 못하고, 끝나고 곧바로 나왔고

샌드위치만 빼서 배달해 주면 되는데, 뭘 그렇게 난리냐"고
오히려 나에게 뭐라고 한다. 난 태연한 남편의 말에 진짜
어이가 없었다. 하지만 남편이 빨리 와주었고 샌드위치를
제 시간에 건넬 수 있어서 다행이었다.

난 다시 가게 앞으로 갔지만 화가 풀리지 않아 들어가지
않고 차에 멍하니 앉아 있었다. 마침 극동방송에서 어느 교
회 목사님의 설교 말씀이 들려왔다. 지금 우리가 누리고 있
는 것, 가진 것, 모든 것이 하나님의 은혜라는 말씀이었다.
그때 난 중요한 사실을 깨달았다. 남편도 무사했고 배달 사
고도 없었고 다 해결된 바로 이 순간에도 내 안에 화가 넘
치도록 남아있다는 사실이었다. 말씀을 듣고 가만히 생각
하니 참 내가 왜 이러나 싶었다. 그래서 깊게 숨을 들이마
시고 시동을 끄고 가게로 들어갔다.

남편은 나머지 물류를 정리하고 내가 오기만을 기다리고
있다가, 내가 좋아하는 연유 카페라테를 건네주며 마시라
고 했다. 난 활짝 웃을 순 없었지만, 이런저런 말에 응수하
며 조금씩 화를 누그러뜨렸다.

오늘 아침은 나 혼자 화내고 흥분했던 시간이었지만 말씀
의 은혜로 더 이상 화를 내지 않아 남편과도 서먹하지 않은
상태로 출근할 수 있어 다행이었다.

그런데 오늘 나에게 정말 중요했던 건 남편이었을까? 샌
드위치였을까?

'시간이 더 있었으면 좋겠다'

일주 전 시간을 내어 도서관을 찾았다. 신간 도서를 살펴보는데 김신지 작가의 『시간이 있었으면 좋겠다』가 눈에 확 들어왔다. 갑자기 그 수필집이 나를 '확 끌어당기'는 이유는 뭘까? 늘 우리는 '시간이 있었으면 좋겠다'라고 생각하면서 살기 때문일 것이다. 바쁜 일상을 사는 현대인이라면 누구나 그렇지 않을까?

책의 겉표지도 색채도 마음에 들었다. 내가 좋아하는 그린green에 커피 한 잔이 놓여 있는. 그런데 그 책은 신간이라 대여할 수가 없다는 게 문제였다. '읽고 가자. 최대한 많이.' 내가 여기서 할애할 시간이 넉넉지 않음을 아쉬워하며 얼른 편안한 소파가 있는 자리에 골라 앉았다.

난 먼저 김신지 작가가 자기 생일인 평일에 자기 이름과 같은 '신지도'와 '생일도', 그리고 '평일도'를 간 이야기를 읽었다. 왠지 나도 그곳으로 당장 떠나고 싶은 마음이 밀물처럼 밀려왔다. 나도 언젠가는 여유롭게 이 세 곳의 섬을 정복하리라는 마음을 가지고 차례로 읽어 내려가기 시작했다. 나와 감성이 비슷한 작가인가 보다. 특별한 이야기도 아닌데 눈물로 눈가가 촉촉해졌다. 눈물로 글자가 보이지 않아 안경을 벗고 눈물을 닦아냈다. 내가 마치 여행이라도 온 듯한 느낌이랄까. 아주 흥미로우며 여유롭고 한가한 시간이었다. 그 책과 함께 한 시간이 너무 즐겁고 행복하기만 했다. 난 그 다음 이야기가 너무 궁금해 계속 읽어 내려갔다. 그런데 이제 도서관에서 나가야 하는 시간이 되어 본래의 자리에 그 책을 가지런히 가져다 놓고 아쉽지만 헤어져야만 했다.

며칠 동안 계속 뇌리에 아른거렸다. 도저히 안 되겠다. 한 시간만이라도 가서 나머지를 읽어야겠다. 그래서 금요일 다시 도서관에 들렀다. 아, 기다리기라도 한 듯이 바로 거기에서 그 책은 나를 바라보고 있었다. 작가가 시골 엄마 집에 놓고 온 등산화를 택배로 받았는데 햇감자가 등산화 안에 들어 있는지도 모르고 신었다가 감자를 밟은 이야기를 읽고 얼마나 웃었는지 모른다. 작가의 엄마가 딸을 사랑하는 마음으로 상자에 넣고도 하나라도 더 챙겨주고 싶은 마음에 등산화 안에도 감자를 넣었던 것이다. 여전히 날 실망 시키지 않는 이야기였다. 하지만 또 가야 할 시간. 한 시간 정도만 더 있었다면 책 속으로의 여행을 마쳤을 텐데… 왜 이리도 시간은 잘 가는지 야속하기만 하다. 그야말로 '시

간이 더 있었으면 좋겠다.' 다음엔 여유 있게 와서 다 읽고
말 테다.

월요일은 조금 더 여유가 생겨 책에게 달려갔다. 아니 이
게 무슨 일이지? 있어야 할 자리에 그 책은 없었다. 난 왜
그 책이 나만 기다릴 거라고 생각했을까? 다른 독자도 많
은데. 사실 두 번째 방문 때 그 책을 다시 읽을 수 있었던
것은 내가 운이 좋았던 것이다. 난 갑자기 혼란스러웠다.
오로지 그 책만을 읽겠다고 달려왔는데 없다니 이를 어쩌
지? 순간 내 마음이 재빨리 돌아섰다. '어쩌긴? 도서관엔
온통 책뿐인걸!' 하지만 다른 책을 골라 읽으면서도 계속 그
자리를 주시했다. 혹 누가 가져다 놓으려나…. 나처럼 그
책을 좋아하는 사람은 어떤 사람일까? 화장실을 가면서도
누군가 읽고 있지 않을까 해서 두리번거렸다.

읽던 책을 보다가 잠시 쳐다보니 언제 도착했는지, 그 책
이 돌아와 그 자리에 있었다. '와! 드디어 가져다 놨구나!
나에게도 기회가 왔어. 기다리고 기다린 보람이 있었네.'
반가운 마음에 누군가 가져갈까 봐 벌떡 일어나 성큼성큼
책을 향해 걸어갔다. '앗! 그 책이 아니네? 이상하다! 이 자
리 맞는데?' 도대체 뭐가 잘못된 거지. 자세히 살펴보았다.
이렇게 황당한 일이… 그 자리는 이미 다른 신간이 자리하
고 있었다. 그렇지, 일주일도 넘었는데 신간이 매일 얼마나
쏟아져 나오는데 난 내가 기다리던 그 책이 계속 신간이라

고만 착각하고 그 자리에 있을 거란 생각만 했던 거였다. 내가 찾던 수필집은 벌써 집을 옮긴 지 며칠이 지난 것이었다.

기다릴 필요 없이 빌려서 보면 되는 거였는데 계속 기다리기만 한 거였다. 바보다. 하지만 이젠 내가 빌려서 여유 있게 읽을 수가 있으니 얼마나 다행인가. 그런데 누군가가 벌써 빌려 간 건 아니겠지? 자료 검색 창에 흥분된 마음으로 '시간이 있었으면 좋겠다.' Enter. '와! 화정 3층 일반Ⅱ 814.7-729 있다, 있어!'

설레는 마음으로 엘리베이터를 타고 빠른 걸음으로 자료실로 갔다. 잃어버린 아이를 찾듯 눈을 크게 뜨고 두리번두리번 거리는데 여러 수필집 가운데 그 책은 꼭꼭 숨어 있었다. 나를 기다리는 듯. 난 곧바로 집어 들고 내려와 대출되는지 물었다. 가능하다고 했다. 지금 이 수필집은 내 방에 있다. 책은 새로운 세계를 경험하게 하는 나를 향한 여행이다.

자연과 사람을 담다

창문 너머 작은 햇살이 나를 깨운다. 난 아침잠이 많아 휴일이면 늘 침대에서 게으름을 피우곤 한다. 시계를 보니 일곱 시다. '더 자야 하는 데 왜 이리 눈이 빨리 떠졌지?'

어젯밤 나지막한 칠산 앞자락에 예쁜 집을 짓고 사는 지인이 본채 옆에 작은 찜질방을 지었다며 우릴 초대했다. 산 아래 전원주택을 짓고, 작은 터에 황토 찜질방을 만들어 우리를 초대한 것이다. 누워서 뒹굴기엔 시간이 아깝다는 생각이 들어 산속 숲길을 산책하기로 했다. 우리 세 사람은 멀리 여행하러 온 기분을 내자며 어제 사온 컵라면과 과일을 먹고 모자 하나씩을 눌러쓰고 집을 나섰다.

예쁜 전원주택들이 옹기종기 모여 있는 칠산 마을, 왠지 정감이 간다. 좋은 사람과 함께 하기에 더욱 그렇겠지. '칠산'이라는 지명에 대해 단 한 번도 생각해 본 적이 없지만 '산이 일곱 개라 칠산'이라고 누군가 말한 기억이 난다.

현관문을 나와 숲길 입구 이웃 담벼락에 붉은 장미가 하늘의 노을처럼 흐드러지게 피어 있다. 너무나 붉고 예쁜 장미를 그냥 지나친다는 것은 장미에 대한 예의가 아닌 것 같아 난 두 사람을 담벼락에 세워 장미와 함께 사진에 담았다. 잠자다가 세수도 하지 않고 나왔다며 무안해했지만 두 사람의 우려와는 다르게 사진 속의 둘은 빨간 장미와 잘 어우러져 너무 예뻤다. 아직 숲길로 들어서지도 않았는데 우린 한결 더 기분이 좋아졌다. 두 사람은 카메라에 담긴 자기 모습을 보고 흡족해했고 나도 내가 사진에 담은 작품을 보니 좋았다.

우리 셋은 어린아이라도 된 듯이 도란도란 이야기를 나누며 여유롭게 산속 숲길을 걸으며 신선한 공기를 듬뿍 마셨다. "세상에 칠산에 이런 좋은 곳이 있었네요. 너무 좋은데요." 처음 간 우리는 감탄하며 이 멋진 숲길을 아는 사람이 별로 없다는 지인의 말을 듣고 안타까워했다. 두 사람은 앞서가고 난 여유롭게 걸으며 푸른 숲 그대로의 자연을 사진으로 담았다. 초록색은 사람에게 편안함과 안정감을 준다고 한다. 인류가 가장 오랫동안 접해 온 색이라서 그럴까? 난 언제부턴가 사진 찍기를 참 좋아하게 되었다.

초록의 아침 숲과 참 잘 어울린다 생각하며 앞서가는 두 사람의 뒷모습을 포착한다. 한 폭의 그림 같다고나 할까? 난 사진을 담고 나서 사진이 예쁘게 나왔는지 아니 솔직히 말하자면 내 맘에 드는지 바로 확인한다. 하나의 작품이 탄생한 것 같아 사진 한 장이 나를 행복감에 젖게 한다.

　내가 초록 초록한 숲을 담느라 여념이 없을 때 어느새 앞서간 두 사람이 벤치에 앉아 있는 모습이 내 눈에 들어온다. 초록 숲과 아침햇살 그리고 파란 하늘과 두 사람의 뒷모습이 한데 어우러진다. 마치 먼 곳으로 여행이라도 온 것 같은 착각에 빠져들게 한다. 난 그 순간을 놓칠세라 찰칵. 또 한 장면을 담는다.

　자연은 늘 사람을 위로한다. 아름다운 자연이 사람을 치유한다. 나에겐 자연과 더불어 사진 속 작품이 기쁨이 되고 위로가 된다. 오늘 이 순간은 영원히 내 기억 속 한 페이지의 추억으로 남게 될 것이다.

열린 방

누군가 살짝 들어왔다가 나가는 소리가 난다. 난 다시 잠이 들었다가 알람 소리에 깨어났다. 그런데 출근을 준비해야 하는 큰아이의 인기척이 없었다. 2주간의 오리엔테이션을 마치고 어저께 부서 발령을 받은 상태였다. 난 놀라서 '아니 지금이 몇 신데 아직도 출근 준비를 안 하지? 출근 3일째인데 지각하면 안 되는데?' 얼른 나가 보니 아이의 방이 활짝 열려있고 이미 출근하고 없었다. '세상에! 살다 보니 이런 날도 있구나. 스스로 일어나서 준비하고 갔구나!'

학교 갈 땐 아침마다 구십이 다 되어가는 할머니가 지각할까 봐 노심초사하며 아침밥을 차려놓고 방문을 두드려 깨우는 게 일상이었다. "아직 멀었는데, 알아서 일어날 건데 할머니는 왜 맨날 깨워요? 제발 좀 그러지 마세요"하면서 아침부터 한바탕 전쟁을 치르기가 일쑤였다.

그런데 잘 일어나지도 못하던 아이가 입사하더니 일찍 일어나 씻고 스스로 출근하다니. 신기하기만 했다. 늘 닫혀 있어 답답하게만 느껴졌던 방문은 아침 일찍부터 활짝 열려있어 무엇보다 시원했다. 내친김에 창문까지 열고 환기를 시키고 먼지를 닦아냈다. 내 마음의 먼지도 씻겨 내려간 것 같아 가볍다.

나도 같은 길을 걸어왔기에 걱정되는 마음으로 저녁에 만나면 이것저것 물어본다. "할 만해? 분위기는 어때? 샘들은 좋아? 잘 가르쳐주니? 알아듣겠어? 무조건 적고 모르는 건 물어봐야 한다. 알았지? 신규 땐 그냥 모르면 무조건 물어봐. 눈치 보지 말고. 엄만 수술실에서 근무한 지 15년이나 지나서 이젠 잘 몰라. 현장에서 가르쳐주는 대로 하면 돼."

오리엔테이션 끝난 날 저녁엔 수술실로 발령받았다고 하면서 수술실은 실습도 안 해보고 구경 한번 안 해 봤는데 어떻게 할지 모르겠다고 걱정했다. "걱정하지 마. 수술실에서 2주 정도 실습했다고 해서 그게 다가 아니야. 아무것도 몰라. 결국은 처음부터 모든 걸 배워나가야 하니까. 보나 안 보나 똑같아. 그냥 가르쳐 주는 대로 배우면 되는 거야. 그 대신 수술실이라는 특수성이 있으니까 뼈 이름이나 근육, 인대 같은 걸 잘 알아야겠지." 하고 안심시켰다.

수술실로 출근한 첫날은 다리가 너무 아프고 발이 퉁퉁

부었다고 하면서 "엄마, 너무 힘들어"한다. "그래 처음엔 다 그래. 그래서 체력이 중요해. 종일 서 있어야 하는 경우가 많으니까. 하지만 엄마도 했잖아 익숙해지면 좀 나아. 너도 잘 할 수 있어." 그랬더니 일단 두 시간만 자고 일어나서 오늘 배운 거 노트에 정리해야겠다고 한다.

기도회가 끝나고 늦은 시간 집에 돌아왔더니 기다렸다는 듯이 메모장을 들고 쫓아 온다. 작은 메모장이었지만 열한 페이지나 된다. 순간 피곤이 몰려왔다. '와 이걸 내가 다 가르쳐 줘야 하나?'

수술과, 수술명, 포지션(position:수술환자체위), 라파로스코피(복강경)수술 준비, 슈쳐(suture:봉합사)종류, 보비(bovie:출혈 시 지혈하는 기구)사용법 등이 쓰여 있었다. 몇 개는 철자도 엉망이었다.

"이 많은 걸 엄마가 다 알려 줘야 하는 거야?" "아니 내가 모르는 게 있어서 그것만 엄마가 한번 알려줘 봐"한다. 하나하나 내가 묻고 아이는 대답했다. 오늘 첫날인데 그래도 꽤 많이 알아듣는 것 같았다. 내가 신규 때는 저 정도로 잘 이해하지 못했던 것 같은데. 참 기특하고 대견했다. 내가 대개는 아는 내용이었지만 그래도 모르는 게 있어 내일 출근하면 꼭 물어보라고 했다. 아들은 엄마가 이런 걸 설마 다 알진 못할 거라 생각한 것 같았다. "엄마 좀 잘 아네"하면서 자기도 모르던 걸 확실히 알게 되니 좀 편안해하는 것 같았다.

둘째 날도 크게 힘들다는 소리도 하지 않고 봉합사의 종류와 사용 부위를 자세히 알아가야 한다며 탁자에 앉아 열심히 찾고 준비한다. 그러면서 갑자기 묻는다.

"엄마, 수술실은 진짜 배울 것도 많고 조심해야 할 게 너무 많던데 어떻게 했어?"

"나도 엄청 무섭고 힘들었지. 엄마는 수간호사 선생님한테 혼나지 않으려고 무지무지 노력했다. 그냥 얻어지는 건 아무것도 없어. 열심히 하고 또 잘 해야 돼. 잘 못 하면 고스란히 환자가 피해를 보게 되거든."

엄마를 병원에 근무하는 간호사 정도로만 여겼었는데, 그 무서운 수술실에서 어떻게 견뎌냈을까 생각하는 것 같았다. 이제 시작이지만 엄마의 길을 아들도 간다고 생각하니 걱정과 뿌듯한 마음이 교차한다. 무엇보다도 아들과 비슷한 업무라 소통할 수 있어 앞으로도 마음을 열어놓고 많은 대화를 할 수 있게 되어 좋다.

온도 맞추기

월요일 아침 사무실 문을 열고 들어선다. 방안에 열기가 확 느껴지는 걸 보니 여름이 곧 다가올 것 같다. 사무실은 2박 3일 동안 혼자 덩그러니 화초들과 작은 어항을 지키고 있다. 숨이 턱 막혀 답답했는데 창문을 활짝 여니 신선한 공기가 쑤욱 방안으로 밀려들어 온다. 사무실 안의 집기들과 화초들 그리고 물고기들이 '이젠 좀 숨이 쉬어지는구나' 하고 좋아하는 것 같다.

가운으로 갈아입고 간호사 휘장을 가슴에 단다. 컴퓨터를 켜고 환자 현황을 파악하고 보고서를 보면서 밤새 별 문제가 없었음을 확인한다. 먼저 화초에 물을 준다. 내 방에 있는 화초 중 약사님이 선물로 주신 '크리스마스의 꽃'이라 불리는 빨간 잎을 가진 포인세치아는 얼마나 잘 자라는지 모른다. 두 번째로는 구피에게 밥을 준다. 다섯 마리의 구피는 이틀 동안 배가 무척이나 고팠나 보다. 여기저기 수영하던 아주 작은 아이들이 나를 향해 빠른 속도로 달려든다. 젖먹이 어린아이가 엄마 젖을 찾는 듯하다.

구피를 키우는 일은 사람과 같다고 한다. 적당한 온도와 적당한 산소가 있어야 하고 또 제때 물을 갈아주어 배설물로 인해 물이 부패하지 않게 해주어야 한다고 한다. 결국은 잘 살아갈 수 있는 적당한 환경을 만들어 주라는 의미겠지. 난 지금 답답함이 없는 신선한 공기를 마시며 사람들과 적당하게 온도를 맞추고 살아가고 있는지 생각해본다. 또 내가 도태되지 않기 위해 얼마나 많은 노력을 하고 있는지도 되돌아보게 된다.

어떤 날은 정해진 계획들이 다 꼬여버릴 만큼 너무 바쁘고 정신없는 하루를 보내 숨은 제대로 쉬었나 싶은 날이 있다. 어떤 날은 온도를 맞추기엔 너무나도 다른 의견들로 씨름하다 보면 힘들고 지쳐 그만두고 싶은 날들도 있다. 또 어떤 날은 만사가 귀찮아 기본적인 업무 이외엔 아무것도 하지 않고 책상에 멍하니 앉아 있을 때도 있다. 그러다가 정신이 번쩍 들어 머리를 흔든다. '환자도 돌아보고 직원도 돌아보고 교육할 자료도 만들어야 하는데' 하면서 말이다.

매일 매일의 일상이 감사하면서도 가끔은 그 소중한 일상을 허투루 보낼 때가 있다. 사람은 신이 아니기에 그런 것이 아닐까? 오늘 하루도 또 내일 주어질 날도 여러 사람과 온도를 맞추어 가며 그 일상들을 살아내 보면 어떨까?

종이 한 장

　서류를 발급받기 위해 동사무소에 들렀다. 잠시 대기하는 시간을 이용해 출생신고서와 사망신고서를 자세히 들여다보았다. '이 두 신고서의 차이는 무엇일까?' 궁금해졌다. 단 한 번도 유심히 보지 않았던 양식들이 눈에 들어왔다. 출생신고서엔 출생자 정보, 부모의 정보와 학력, 신고자를 적는 난이 있었고 사망신고서엔 사망자의 정보와 신고자를 적는 란이 있었다. 즉 출생신고서에 부모의 정보와 학력란이 있다는 것 말고는 두 신고서의 양식이 거의 같았다. '한두 줄 추가하는 것 말고 다른 차이가 없단 말인가!' 나에겐 아무 의미 없는 종이 한 장인데 주체할 수 없는 슬픔과 무게감으로 사망신고서를 들고도 한참 머뭇거리는 그의 엄마 모습이 보인다. 자식을 먼저 보낸 부모는 신고서에 이름 석 자 적는 일조차도 무척 힘들겠다는 생각과 또다시 '진짜 이별의 눈물을 흘리겠구나'하는 생각을 하니 마음이 착잡했다.

어제 예배 후 모임 중에 옆에 앉아 있던 남편이 뭔가 적어서 슬쩍 건네주었다. 자세히 읽지 않고 대충 보니 사망이라는 글자가 크게 확대되어 눈에 들어왔다. 난 남편을 바라보며 '이게 뭐야?'라는 눈빛으로 물었더니 자세히 보라고 손짓했다. '○○○ 큰아들 교통사고로 오늘 사망' 난 그제야 알아차렸다. '어떻게 그 청년에게 이런 일이 일어날 수 있지. 그 엄마는 어떡해?' 아직 모임이 끝나지 않은 상태라 남편에게 더 이상 물을 수도 없었다.

사고를 당한 그 청년은 이제 30대 초반의 건장한 청년이었다. 난 그 청년과 대화 한 번 나눈 적은 없지만 정확히 기억한다. 키가 크고 늘씬하며 아주 잘 생기기까지 해서 모델보다 더 모델 같다고 생각했었다. 한마디로 너무 멋진 청년이었다. 서울에서 생활하는 그 청년이 한 번씩 김해에 내려왔었다. 그 얼굴이 계속 떠오르면서 동시에 이젠 유족이 된 엄마의 얼굴이 떠오른다. 그 엄마가 아들을 사랑스러운 눈빛으로 바라보던 모습이 선한데….

그 사랑하는 아들을 먼저 하늘나라로 떠나보낸 것이다. 그 청년의 죽음도 안타깝고 슬프지만 그 엄마를 생각하니 마음이 너무나 아팠다. 아들을 먼저 하늘나라로 보낸 엄마의 심정은 말로 표현할 수 없는 세상이 무너져 내리는 고통이리라…. '지금 숨은 제대로 쉬어질까? 부모가 죽으면 산에 묻지만, 자식이 죽으면 가슴에 묻는다'라는 속담이 있듯이 이제 그의 엄마는 아들을 가슴에 묻고 평생 하루하루를 살아가야 한다. 갑작스러운 사망 소식을 듣고 비통해하며 기차에 몸을 싣고 서울로 향했을 청년의 엄마를 생각하니 슬픔이 밀려왔다. 마침 중보기도 하는 시간이어서 감정을 주체하지 못하고 "하나님! 그 부모를 위로해주세요. 부디 잘 감당하게 해주세요. 더 이상 아픔이 없게 해주세요." 얼굴을 두 다리에 묻은 채 눈물 흘리며 기도했다.

오늘 장례식장에 다녀온 지인들의 말에 의하면 그의 엄마는 "아들이 아까워서 못 보내겠다"라고 하며 그저 '꺼억꺽…' 울기만 하였다고 한다. 당연하지 않겠는가. 꽃다운 나이에 멀쩡한 아들을 보내려니 얼마나 힘들었을까.

우리 집 막내가 2주 전 병원 실습 시작부터 엉덩이에서 다리까지 당기고 아프다고 매일매일 힘들어했다. 아침이 되면 일어날 때 통증이 심해 아무렇지도 않게 벌떡 일어나던 것조차도 무서워서 못 일어날 정도로 아파했고 엎드리거나 돌아눕는 것조차 자유롭게 할 수 없는 상황이 되었다. 하지만 실습을 중도 포기할 수 없어 끙끙대며 2주간의 실습을 겨우 마쳤다. 하루하루가 고통스럽다고 말할 땐 차라리 내가 대신 아프면 좋겠다고 생각했다. '3년 만의 복학인데 과연 다음 주부터 수업은 제대로 받을 수 있을까?' '아직 젊은데 이렇게 아프면 앞으로 어떻게 살아갈까?' 하는 걱정도 되었다.

그런데 이런 안타까운 소식을 접하자, 나의 걱정은 아무것도 아니었다. 수술만 하면 또 한동안 잘 지낼 수 있으니까. 살아가면서 고통스러운 일이 없다면 더 좋겠지만 그냥 이대로도 감사해야 하는 일인데 내가 또 사소한 일상에 대한 감사를 잊고 있었다. 지금 숨을 쉬고 살아 있는 것 자체가 기적인데. 그 청년같이 목숨을 다하는 일에 비하면 힘들고 어렵고 고통스러운 것들조차 소중하다고 생각하게 된다. 난 지금 이 순간 살아서 숨을 쉬고 생각하고 글을 쓴다. 삶과 죽음은 종이 한 장 차이 인데 왜 우리는 아등바등 살아가는 것일까.

가방보다 작은 아이들

나는 매일 초등학교 앞을 지난다. 그때마다 가방보다 작은 아이들이 학교에 다닌다. 며칠 전 '만 5세가 되면 초등학교 입학을 시키겠다'라는 교육부 장관의 발표가 있었다. 내가 볼 땐 지금의 1학년도 아직 너무 어리고 자기보다 더 큰 가방을 메고 힘겹게 학교에 다니는 것 같다. 부모들은 어린 자녀가 걱정돼 학교 앞까지 아이들을 데려다준다. 아침부터 시작된 전쟁은 학교 마치고 영어학원으로 태권도 학원으로 피아노 학원으로 돌고 돈다. 학교 앞 아이들을 보면서 드라마 '이상한 변호사 우영우'의 '피리 부는 사나이' 편이 생각나서 진한 감동과 아픔이 교차했다. 그리고 작가가 세상을 보는 눈은 우리와 다르며 참 멋지다고 생각했다. 세상의 모든 엄마가 '피리 부는 사나이' 편은 꼭 봐야 한다고 생각한다.

줄거리를 잠깐 살펴보면 자칭 '어린이 해방군 총사령관'

이라는 젊은 남자(방구뽕)가 어린이들을 납치해서 산으로 데려간 사건을 다루었는데, 이유는 오로지 어린이 해방을 위해서다. 호각을 불고 어린이 해방군 입대식을 한다. 대한민국 어린이의 적은 학교와 학원 그리고 부모다. 그들은 어린이를 놀지 못하게 한다. 그들은 행복한 어린이 건강한 어린이를 두려워한다. 그들은 불안해하는 어린이 고통받는 어린이 복종하는 어린이를 원한다. 그들은 대한민국의 법과 제도를 조종해 어린이들을 더 바빠지게 더 나빠지게 만들어 어른이 되기도 전에 세상과 등지게 만든다고 말한다. 그러자 한 어린 학생이 인정! 이라고 크게 외친다. 아이들은 너나 할 것 없이 재미있게 놀면서 모두가 너무나 즐거워한다.

방구뽕은 또 아이들에게 세 가지를 선언하게 한다. 하나! 어린이는 지금 당장 놀아야 한다. 둘! 어린이는 지금 당장 건강해야 한다. 셋! 어린이는 지금 당장 행복해야 한다. 또 어린이의 미래를 위한다는 학교와 학원 그리고 부모의 간교한 주문을 물리치자고 말하고 신나고 재미있는 게임을 하면서 아이들을 행복하게 해준다. 하지만 부모들은 단순한 납치 사건으로 간주하고 방구뽕에게 소송을 건다.

이 사건을 맡은 우변호사가 만난 초등학교 3학년 아이, 편의점에서 아홉 시에 식사하는 모습을 보고 밥이 늦다고 하니 학생은 오히려 일찍 먹는 거라고 말한다. 학원 다닐 때는 열 시까지는 아무것도 못 먹었다고 한다. 자물쇠 반에서 공부할 땐 학원 끝날 때까지 아무도 밖에 못나간다고 했다. 자물쇠 반이 뭐냐고 하니까 '쉬는 시간이 아예 없어서 편의점도 못가고 화장실 가고 싶으면 손들어서 허락받고 가야 하는 곳'이라고 했다. 우변호사는 학원이 감옥이나 다름없다고 생각한다. 그런데 그 시간에 그 아이는 또 스터디 카페를 간다고 한다. 뒤처지면 안 되니까 엄마가 새로운 학원이 정해질 때까지 가라고 했다는 것이다.

참 기가 막히고 코가 막히는 일이다. 이제 열 살 먹은 아이들이 학원가를 열 시까지 뱅글뱅글 돌다가 파김치가 되어 집으로 돌아간다. 그런 아이들은 바쁘니까 편의점에서 핫바 하나로 끼니를 때우기도 하고 스트레스가 많아 키도 잘 자라지 않는다고 한다.

난 아이를 키울 때 학원에 가고 싶다고 하면 보내고 원하지 않으면 그냥 집에서 놀도록 했다. 시어머니가 불안해할 정도로 기본 교육 외에는 그리 큰 관심을 두지 않았다. 그냥 건강하게만 쑥쑥 자라길 바랐다. 병원에서 일을 하다 보니 공부보다도 정신건강이 얼마나 더 중요한지를 뼈저리게 느끼게 되었다.

우리 아파트에서 전교 1등 하는 학생이 어느 날 전교 2등을 했다고 옥상에서 떨어져 죽은 일이 있었다. 그리고 고등학생이 기말고사 보는 날 학교 정문 앞에서 실신해 응급실로 실려와 누워 있었는데 정작 엄마라는 사람은 달려와서 위로의 말 한마디 없이 '네가 지금 여기서 이러고 있으면 어떻게 하니'라고 하면서 원망의 눈초리로 핀잔을 주었을 때 '아, 진짜 저러면 안 되지….' 라는 생각을 많이 했었다. 부모라는 사람이 어떻게 저럴 수 있을까. 왜 아이의 아픔과 힘듦이 느껴지지 않는 걸까. 아니 왜 알려고 하지 않는 걸까.

아이들은 공부하기 위한 도구일 뿐 진정 하나의 인격체로 인정받지 못했다. 과연 우리 아이들이 하는 공부는 누구를 위하는 것인가? 모든 게 부모의 기대감에 부응하기 위한 부모를 위한 공부가 아닐까. 공부 잘하는 아이는 부모의 자랑이다. 그럼, 공부 못하는 아이는 아무 가치도 없단 말인가. 오늘날의 세상에선 우리 아이들은 뭘까. 아이들의 미래를 위한다는 학교와 학원 그리고 부모의 간교한 주문을 물리치자고 주장한 '어린이 해방군 총사령관'의 말이 내 귓가에 맴돈다.

주은주 朱恩珠

1970년 경남 의령에서 태어나 김해시 장유에서 유년을 보내고 마산대 간호학과, 가야대 보건대학원 간호학 석사 졸업. 간호사로 30여 년간 근무 중이며 성모병원 간호과장 역임 후 현재 김해삼승병원 간호부장으로 재직 중. (전)김해대학교, (현)가야대학교 외래 교수로 후배양성과 지역봉사에 힘쓰고 있음.

| 논문 및 저서 |
「병원간호사의 업무 환경. 감정노동. 이직 의도가 행복지수에 미치는 영향」(2015) 외.

호접란

비 오는 아침
우연히 창밖을 보다

베란다 한구석에 작은 체구
밤새워 보랏빛 나비 모양 꽃봉우리 피워
살며시 웃고 있다

작고 볼품없어 모퉁이에 두고 잊고 있었는데
아픔 이기고 혼신을 다하여 꽃봉우리 피웠다

얼마나 힘들었을까?
꽃망울 보는 순간, 가슴 한 구석이 찡하다

아픈 몸 까마득히 잊힌 채
알아주지 않는 자신과의 싸움
어쩜, 우리의 삶이 그럴지도

잠시, 기다려 주었을 뿐
포기하지 않고 봉우리를 피운 호접란
생명의 강인함과 소중함이 나를 깨운다

작은 변화

　내가 다니는 병원 입구에 조그마한 카페가 들어왔다. 원래는 편의점 자리였지만, 비어있어 어둡고 칙칙하다는 이야기가 있었다. 병원에서는 이 공간에 대해 고민 중이었다가, 이번에 환자와 방문객들께 쾌적함과 편의를 제공하기 위해 예쁜 카페로 재탄생하게 된 것이다.

　카페 실내는 흰색과 빨간색으로 깔끔하고 따뜻한 이미지를 주었으며, 중간중간 옅은 노란색 테이블과 의자로 포인트를 준 것이 더 밝고 환하게 느껴졌다. 십여 평 남짓 한 공간이지만, 병원 전체 건물에 미치는 영향은 생각보다 훨씬 더 크게 와 닿았다. 특히 입구에 들어서면 향긋한 커피향이 먼저 다가와 인사를 대신해 주었다. 무엇보다 환자와 보호자, 직원 및 가족들, 업체 관계자 등 다양한 사람들이 왕래하기 때문에 간접 홍보 효과와 예전과 다른 생동감으로 병원의 이미지 쇄신에 크게 도움이 되는 것 같았다.

　평소에 나는 커피를 즐기지는 않는다. 하지만 병원에 들어서면 특유의 소독 냄새와는 달리 사람의 코를 즐겁게, 눈을 기쁘게, 입술을 향긋하게 만들어 주는 따뜻한 커피향이 참 좋다. 그 향은 마술을 부리듯 사람의 마음을 움직이는 것 같다. 특히 월요일 대기 환자가 많아 진료가 늦어질 때 소리 지르는 불만 고객도, 레이저를 쏘며 무섭게 째려보는 얼굴도 웃게 만드는 묘한 매력이 있는 것 같다. 덩달아 무표정한 직원들의 얼굴에도 말없이 건넨 따뜻한 커피 한 잔으로 밝은 미소를 찾아 볼 수 있었다.

비 오는 날이면 습한 기운과 불쾌한 냄새를 향기롭고 진한 커피향이 대신 해주었다. 좁은 계단, 엘리베이터, 사람을 따라 병원 전체에 소리 없이 퍼지는 커피의 향은 마치 습자지에 물이 스며들 듯 작은 변화를 일으키는 것 같았다.

오래된 병원일수록 환경 변화의 필요성을 절실히 느낀다. 그러나 시간적, 경제적으로 병원 전체를 리모델링한다는 것은 현실적으로 불가능하다. 하지만 이번에 들어온 조그마한 카페 하나가 병원을 변화시키는 모습을 보았다. 작은 것을 바꿔 병원 전체의 모습이 변하듯, 나 스스로도 작은 변화를 시도해 보기로 했다.

간호부 회의실 벽걸이 에어컨을 교체하면서 뜯어낸 자리는 색이 바래져서 보기가 흉하였다. 회의실 전체를 도배하면 깔끔하고 예쁘겠지만 비용이 많이 들어간다. 고민 끝에 비슷한 색상의 벽지를 덧대고 작은 액자를 가려 포인트를 주었다. 생각보다 괜찮았다. '그래 바로 이거야' 혼자서 소리쳤다.

작은 변화를 주었을 뿐인데…. 회심의 미소를 짓는다.

사랑과 전쟁

오늘도 평소와 다름없이 병동 라운딩을 하고 있었다. 간호사실에 도착하자마자 숨을 몰아쉬며 한 간호사가 달려왔다.

"부장님! 혹시 이야기 들었어요?"

"아니, 무슨 이야기?"

"이런 일은 TV드라마에 나올법한데요, 글쎄 병원에서 발생했어요."

하자 옆에 있던 간호사가

"그건 아니지 사랑과 전쟁이지."

"난리 난리도. 그런 난리는 없었어요."

"○○호실 ○○환자 수술실 들어갔다가 갑자기 심장발작이 일어나 수술이 보류되었는데요, 응급처치 후 회복되어 병동으로 돌아와 간호사들은 활력징후 측정하고 환자 상태 모니터링하느라 정신이 하나도 없었어요. 그런데, 부인이 갑자기 나타났어요. 글쎄 우리 모두 부인인 줄 알았던 보호자가 내연녀였더라구요.”

“병실에서 서로 머리를 쥐어뜯고 큰소리치며 장난 아니었어요. 부끄러워 죽는 줄 알았어요!”

“저는 옆에서 말리다가 팔에 상처도 났어요. 이것 좀 보세요.”

“어, 뭐, 괜찮아?” 손톱에 긁힌 자국이 선명하게 보였다. “소독은 했어?”

“네, 조금 전에 했어요. 고춧가루 뿌린 듯 따끔거리지만 시간이 지나면 괜찮아지겠죠. 문제는 같은 병실 보호자가 바로 신고해서 경찰이 왔는데, 남편이라는 환자분이 부인의 뺨을 때렸어요! 그것도 여러 명이 있는 병실에서요. 그런데 부인은 남편에게 아무 말도 못하고 오히려 우리한테 보호자가 아닌 사람에게 수술동의서를 받았다고 소리치며 돌아갔어요. 그 뒷모습이 너무 안쓰러워 씁쓸하게 느껴졌어요. 앞으로 어떻게 해요? 보호자한테 일일이 부인이 맞는지 물어볼 수도 없고, 가족관계증명서를 확인할 수도 없고, 요즘은 사실혼도 많은데….” 하고는 말을 흐렸다.

잠시 뒤 경찰은 돌아가고 같은 병실에서 호출 벨이 울렸다. 소동을 일으킨 환자는 조금 진정이 되었는지, 수술하지 않고 퇴원하겠다고 하였다. 이후 주치의 승인이 나고, 자진 퇴원각서를 쓰고 퇴원하였다. 나는 ‘심장발작 시 갑작스런 흉통과 몸을 움직일 수 없을 정도로 힘이 빠지고 숨이 차며 메스꺼움, 구토의 증상이 일어나면 즉시 가까운 병원에 내

원하셔야 한다'고 재차 설명하였다. 속으론 다행이다 하면서도 내심 걱정스러운 마음이었다.

이래저래, 남의 가정사에 관여할 수는 없다. 하지만 간호사들은 직업상 어쩔 수 없이 알게 된 것도 비밀 유지를 해야 한다. 적어도 병원이라는 특수한 곳은 긴박한 상황이 발생할 수 있고 몸과 마음이 아픈 환자를 돌보는 곳이기 때문이다. 그런데 종종 불미스러운 일이 발생하면 공공장소에 대한 기본적인 에티켓이 상실된 것 같아 마음이 안타깝다. 물론 일부 몰지각한 사람들로 인해 전체가 욕을 먹지만, 최소한 병원에서는 자중해 주었으면 하는 바람이다.

당시엔 경황이 없어 같은 병실을 사용한 환자분들께 죄송하다는 말씀도 못 드린 것 같다. 이번 일을 계기로 수술환자 동의서를 받을 때, 개인동의서는 물론 보호자동의서를 받을 때에도 좀 더 꼼꼼하게 '환자와의 관계'를 확인함으로써, 유사한 사건 사고가 발생하지 않도록 신중을 기해야 할 필요가 있을 것 같다.

————— ✦ —————

작은 물방울

오전 10시, 코로나(19) 예방접종실은 접종 대상자로 분주했다. 접종 후 대기실에는 많은 분들이 기다리고 있었다. 주의사항과 이상반응에 대하여 설명하는 중에 젊은 분, 한 분이 질문을 하였다.

"혹시 주사 용량이 엄청 적은데 다 들어간 것 맞나요?"

이 무슨 황당한 이야기인가? "네?"라고 대답하며 그 상황에 대해 물어 보았다. 내용인즉, 주사약이 새어 본인 바지에 흘렀는데 약간 끈적이며 축축하다고 말하는 것이다. 위치가 허벅지 안쪽 사타구니(서혜부)라 직접 만져 볼 수도 없었고 육안으로 보기에는 그저 작은 물방울이 튀어 젖어 있는 것만 같았다. 주사약은 화이자 백신으로 0.3ml이며 끈적임이 없는 맑은 액체이다. 그럴 리가 없다고 설명하였지만, 접종 대상자분은 의심의 눈초리로 나를 쳐다보았다. 잠시 망설이다가 예방접종실 간호사를 불러 직접 확인시켜드렸다.

예방접종실 간호사는 매번 주사약을 확인하고 용량을 재어 주사하기에 절대 약이 샐 리가 없다고 설명하였다. 첫 번째, 환자 전산 등록할 때 약명을 확인하고 두 번째, 냉장고에서 꺼낼 때 라벨과 코드번호를 확인하고 세 번째, 주사를 주기 전에 최소 세 번 이상 확인 후 용량을 재어 준다고 하였다. 왜 접종 대상자분은 자기 바지에 주사약이 새었다고 말했을까? 계속 머릿속을 맴돌았다. 접종 대상자분은 특별한 이상 반응 없이 귀가하였으나, 나는 의문이 풀리지 않았다.

점심 식사 후 코로나 예방접종실에 가서 직접 주사를 놓는 간호사의 모습을 유심히 관찰하였다. 간호사는 환자를 확인하고 멸균 장갑을 끼고 손소독제(젤타입)를 사용하였다. 소독제를 사용하는 과정에서, 순간 뇌리를 스치는 생각이 '아! 소독젤을 사용해 양손을 소독할 때, 소독젤이 튈 수도 있었겠구나!라는 생각이 났다. 나는 나도 모르게 너무 기뻐서 박수를 쳤다. 영문을 모르는 접종실 간호사들은 나를 의아한 눈빛으로 쳐다보았다. 잠시 후, 간호사들에게 자초지종을 이야기하자 이해가 되는지 "맞네요, 그럴 수 있겠네요. 정말 다행이네요."하며 공감했다. 백신량이 적어, 다 들어간 게 맞는지 평소 자주 질문을 받아 왔었다. 접종 대상자 입장에서는 충분히 오해할 수도 있었겠구나!라는 생각이 들었다. 나도 모르게 피시식 웃음이 절로 나왔다.

잠시 후 간호부에 돌아와 접종량을 의심하셨던 환자분의

연락처를 확인하고는 전화를 걸었다. 상황을 설명한 후 소독젤이 옷에 튄 것에 대해 사과 말씀드리며 늦었지만 오해를 풀었다. 우리의 입장에서는 그럴 리가 없다고 설명했지만, 환자분은 충분히 오해할 수 있는 상황이었다. 이번 일을 통해 환자의 작은 소리에도 귀를 기울이고, 의료진의 입장보다는 의료수혜자의 입장에서 상황을 이해해야겠다는 생각이 들었다.

헤파린 캡

따르릉따르릉, 병동 수간호사로부터 한 통의 전화를 받았
다.

"부장님 큰일 났어요."
상기된 목소리가 수화기를 통해 고스란히 전달되었다.
"아니 왜, 무슨 일인데?"
"오늘 저희 병동에 입 · 퇴원이 많아 엄청 바빴잖아요. 그
와중에 퇴원 예정이 없던 환자분으로, 큰아들이 주치의 면
담 후 갑자기 서둘러서 퇴원한 분인데요. 글쎄 집에 가서
환자분 옷 갈아입히다가, 헤파린 캡heparin cap을 발견했다고
방금 항의 전화가 왔습니다. 당장 보건소에 신고하겠다고
난리도 아니었어요. 제가 병동 담당 수간호사라고 밝히고
자초지종 상황을 말씀드리며 죄송하다고 연거푸 사과를 드
렸습니다. 그런데도 '사람 죽이고 사과하면 되냐'면서 원장
님이 직접 사과하지 않으면 가만히 두지 않겠다며 SNS에

주은주 115

올린다고 합니다. 어떡해요. 무슨 이런 일이 발생했는지 기가 막힙니다. 퇴원 환자는 철저히 반복 확인하고 점검하는데, 헤파린 캡을 달고 집으로 가다니 정말 말이 안 나옵니다.”

“아무리 바빠도….”

“죄송합니다. 저희들 불찰입니다.”

“일단 일은 발생했고 담당 의사에게 알리고 수습부터 하도록 하세요. 혹시 보호자(큰아들)와 라포Rapport는 잘 형성되어 있었어요?”라고 묻자, 수간호사는 말끝을 흐렸다. 간병은 둘째 아들과 며느리가 전적으로 맡아 하였으며 이번에 처음 큰아들 얼굴을 봤다는 것이다. 참으로 난감하였다. 일단 원장님께 전후 사정을 말씀드리고 큰아들과 전화 통화를 시도해 보기로 하였다.

수간호사는 마음을 가다듬고 큰아들에게 전화를 했다. 저희들 불찰로 환자와 보호자분들께 심려를 끼쳐드려 먼저 죄송하다고 사과를 드렸다. 그리고 번거로우시겠지만, 환자분을 모시고 함께 본원에 방문해 주실 것을 부탁드렸다. 하지만 “지금 출장 중인데, 다녀와서 해결 안 해주면 가만히 두지 않겠다.”며 고래고래 소리를 지르며 전화를 끊어버렸다고 했다. ‘해결 안 해 주면’은 무엇을 의미하는 것일까? 곰곰이 생각했다. 그래서 환자 입원 중에 라포 형성이 잘된 둘째 며느리와 연락을 취하였다. 다행히도 환자분 팔에 꽂힌 헤파린 캡은 약국에서 알코올 솜을 구입하여 제거하였다고 한다. 나는 우리병원에서 간호사의 부주의로 환자분과 보호자분께 심려를 끼친 점에 대해 다시 사과하고, 앞으로 직원 교육을 철저히 하겠다고 약속하였다. 그리고 큰아들께 병원의 입장을 잘 전해 주길 부탁드렸다.

우리는 주말이 지나고 월요일에 애를 태우며 노심초사 환자분의 큰아들을 기다렸다. 그런데 그는 병원에 오지 않았다. 계속되는 기다림 속에 불미스러운 일이 터질까봐 불안한 마음은 지속되었다. '직접 통화를 한번 시도해 볼까' 생각도 했지만, 괜히 긁어 부스럼을 만들까봐 조심스러웠다. 또 한 주가 지나갔다. 더 이상 미룰 수가 없어 수간호사를 통해 둘째 며느리와 전화 통화를 시도하였다. 환자분은 특별한 이상 반응 없이 편안하게 잘 지내고 계신다고 했다. 그리고 보건소에 민원 제기는 하지 않겠다는 반가운 소식을 전했다. 정말 다행이었다. 감사하는 마음과 동시에 십년 묵은 체증이 내려가는 것 같았다.

항상 환자의 안전에 최선을 다하고 매뉴얼대로 여러 번 확인하지만, 종종 예상치 못한 변수가 발생한다. 그럴 때마다 많은 간호사들은 극심한 스트레스에 시달린다. 심지어 직업에 대한 회의감과 의욕 상실로 직장을 떠나는 간호사들도 상당히 많다. 그럼에도 불구하고 우리 간호사들은 아픈 환자를 돌보기 위해 서로를 격려하며 마음을 다잡고 업무에 최선을 다한다. 이번 헤파린 캡 사건을 통해 어떠한 민원도 발생하지 않도록 사소한 일에도 철저히 확인하고 점검할 수 있게 꾸준히 노력해야겠다.

희망의 끈

오전 10시경, 요양병원 수간호사로부터 전화 한 통을 받았다. 반 혼수semicoma상태인 40세 남성을 우리병원으로 이송한다는 것이다. 너무 갑작스러운 일이었다.

"우리병원은 중소병원이라 중환자실도 없고 인공호흡기ventilator도 준비되어 있지 않다"고 하자

"이미 보호자께 자초지종을 수 차례 설명 드렸는데도 ○○병원으로 가겠다라고 하네요." 환자는 한 달 전 뇌경색으로 대학병원에서 수술 후 위기를 잘 넘기고 퇴원하여 요양병원에 입원 치료 중, 일주일 전부터 계속 열이 나고 상태가 악화되어 수술한 대학병원으로 전원을 권유하였으나 막무가내로 거절하였다는 것이다. 환자의 엄마는 중환자인 아들을 중환자실에 두지 않고, 직접 간병을 한다고 고집을 부려, 다른 병원에서는 받아 줄 수 없다고 하는데, 본원 신경외과에서 상담 후 입원하기로 했다며 벌써 EMS(사설구급차)를 불러 병원으로 가는 중이고, 곧 도착할 거라고 했다. 전

화기를 내려놓자마자, 바로 앰블란스 소리가 응급실에서 들려왔다.

한마디로 어이가 없었다. 전후 상황도 살피지 않고, 전적으로 간호를 도맡아 하는 병동과는 한 마디의 상의도 없이, 의사가 독단적으로 결정한 것이다. 속으론 '큰일 났네. 어떻게 설득해서 대학병원으로 다시 보내지' 혼자 중얼거리며 복잡한 머릿속을 정리하며 응급실로 들어섰다.

"부장님!" 응급실 수간호사는 난감해하며 담당의가 입원 처방을 내렸는데, 어느 병동으로 보내야 할지 걱정스러운 표정이 역력했다. 일단 전반적인 환자 상태를 살펴보고 결정하기로 하였다.

자발적인 움직임은 거의 없고 눈만 떴다 감았다하며 통증감각에만 반응을 보인다. 기관절개관tracheostomy tube에 24시간 산소요법, 흡인간호, 위관영양, 유치도뇨관 삽입, 기저귀착용 등등. 개별간호 및 집중 간호가 요구되는 상태이다. 몸 전체는 제피질자세Decorticate Posituring로 양손이 가슴 앞에 모여 주먹과 주먹이 맞닿아 있고 다리는 아래로 쭉 뻗은 자세로 굳어 있었다. 가장 시급한 것은 호흡 시 가래 끓는 소리가 심하게 들리며, X-ray를 찍어보지 않아도 호흡기계의 이상 가능성이 높아 보였다.

우리 병원은 간호사 한 명이 환자 스무 명을 넘게 보는 시스템으로 중환자의 치료와 간호는 도저히 불가능하다. 위험부담이 너무 크고 한 사람의 중환자에게만 간호를 집중할 수도 없는 상황이다. 특히 야간에는 간호사 두 명이 근무한다. 업무에 대한 부담감으로 정신적 스트레스와 심리적 압박감은 이루 말할 수 없다.

도대체 의사는 무슨 생각을 하고 입원 결정을 했는지…. 하루 오전, 오후 두 번을 회진하고 환자에게 발생하는 모든 상황들은 근무 간호사가 모니터하여 중간중간에 보고를 한다. 모든 처방과 중요한 결정은 의사가 내리지만 24시간 모니터링과 간호는 고스란히 간호사들의 몫이다. 환자를 위해서라도 상급병원으로 보내야 한다. 먼저 담당의를 만나 자초지종을 설명하였다. 의사는 MRI 결과는 생각보다 나쁘지 않다며 오히려 응급상황을 대비하여 인공호흡기를 준비해 달라고 부탁하였다. 실제 인공호흡기도 없고 시스템적으로 간호할 수 없다고 말씀드렸다. 하지만 난감한 표정을 지으며 금일 입원 치료가 가능하다고 허락하였기에 EMS를 타고 왔는데, 바로 돌려보낼 수는 없다고 한다. 고심 끝에 3일 이내로 전원 보내기로 약속하고 진료실에서 나왔다. 누구보다 병동 사정을 뻔히 알기에 마음이 편치 않았다.

잠시 후 병동 수간호사를 불러 전후 사정을 설명하고 3일만 지켜보자고 설득하였다. 환자의 엄마가 24시간 간병을 한다는 조건과 상태 위중 시 바로 전원하며 위급 시 사망 가능성에 대하여 재차 설명하고 정형외과, 신경외과 혼합

병동 입원실로 올렸다.

　3일째 되던 날 다행히 열은 떨어지기 시작했고 조금씩 가래 끓는 소리도 줄어 들었다. 24시간 환자 곁을 지키며 체위 변경과 기저귀 교환을 도와주고 고맙다고 인사하는 환자의 엄마를 보면서 가슴 한 켠으로는 나도 자식을 키우는 엄마인데, 마음이 아프다. 하지만 현실은 냉혹하게 전원을 보내야 한다는 것이다. 차마 입이 떨어지지 않았다. 마치 주말이 끼여 있어 보내긴 곤란하고 며칠만 더 보고 보내자 한 것이 일주일이나 지났다.

　"부장님, 환자 언제 보내요?"라고 묻는다. "약속이 다르잖아요." 간호사들은 너무 지치고 힘들다고 하소연했다. 나도 병동 사정은 알지만 특별한 대안이 없어 난처한 표정만 지었다. '할 수 없지. 내가 이야기하는 수밖에' 혼자 중얼거리며 병실 문을 열고 들어갔다. 보호자에게 상황을 말씀드리며 당장은 힘들겠지만 상태가 조금씩 호전될 때 중환자실이 있는 큰 병원으로 옮겨 집중 치료를 받는 게 더 좋을 것 같다고 말씀드렸다.

　다음날 아침, 회진을 하면서 우연히 열린 방문 사이로 엄마가 환자를 껴안고 "같이 죽자! 같이 죽자! 이래 살아 뭐하겠노, 차라리 같이 죽자" 라고 소리 내어 흐느끼며 우는 모습을 보게 되었다. 들어가서 위로를 해줄까 잠시 생각도 했지만, 그냥 두는 게 좋겠다고 판단하고 간호사실에 와서 수간호사와 환자에 대해 상의했다. 일단 더 나빠지지 않고 다행히도 환자가 잘 견디고 엄마가 저렇게 열심히 간병을 하니 힘들겠지만, 2주 정도만 더 관찰해 보는 것도 좋을 것 같다며 병동 식구들을 다독거렸다.

2주째 되던 날, 엄마가 밤낮을 가리지 않고 경직된 손과 발을 주무르고 열심히 마사지를 해서 그런지 조금씩 환자의 손과 발 움직임이 커지기 시작했다. 링거 줄을 빼려고 손을 올리기도 하고 소리 나는 쪽으로 고개를 돌리며 아이 컨택도 가능해졌다. 참으로 다행한 일이지만 마음은 무겁다.

환자의 엄마는 갈수록 의사에 대한 신뢰와 간호사들에 대한 믿음이 더해졌다. 그래서 '때가 되면 알아서 갈 테니 제발 좋아지고 있으니 전원을 재촉하지 말라'며 사정사정을 하였다. 중간에 무슨 일이 생겨도 절대! 선생님들께 책임을 묻거나 원망하지 않겠다.'며 애원을 했다. '내가 젊었을 때 살기 위해 장사한다고 아들을 돌보지 못한 게 한이 된다.' 고 하였다. '내 업보라며 여자를 잘못 만나 저렇게 되었다 며, 큰 병원에 가면 내가 간병을 할 수가 없고 그러면 우리 아들은 틀림없이 죽는다며, 다른 사람들 손에 아들을 절대 맡길 수 없다'고 단호하게 말하였다. 딱 한 달만 봐달라고 눈물로써 호소를 한다. 정말 힘들고 난감한 상황이었다.

그렇게 또 한 주가 지나고 아침, 저녁으로 환자와 엄마를 보니 정이 들기 시작하였다. 다음 날 아침 엄마가 상기된 얼굴로 아들이 '엄마'라고 불렀다는 것이다. 처음에는 환청

인가 귀를 의심하고 볼을 꼬집어 봤다고 한다. 정말 기적이 일어난 것인가? 그 순간 나도 모르게 눈시울이 뜨거워지고, 만감이 교차하며 눈물이 주르륵 흘렀다. 그동안 엄마의 노고를 알기에 서로 부둥켜안았다. 엄마의 지극한 정성과 기도, 의료진의 노력이 합쳐져서 하늘도 감복하였는지 환자는 나날이 호전을 보이기 시작하였다.

우리 병원에 입원 한지 한 달이 되던 날, 코에 꽂았던 줄도 빼고 입으로 미음을 먹기 시작하였으며 고개도 끄덕이며 묻는 말에 간단한 대답과 손을 흔들거나 주먹 인사도 하였다. 점차적으로 산소 흡입을 하지 않는 시간이 길어졌으며 재활 치료도 열심히 받고 있다. 곧 기관 삽관만 제거되면 휠체어 타는 것도 가능할 것 같다.

아직 지능은 4-5세 수준이지만, 초롱초롱한 눈망울을 보면서 잘 견뎌준 환자에게 감사하고 전원을 보내고자 했던, 나 자신이 부끄러워진다. 빈 침대가 있어도 아들 옆에서 쪽잠과 새우잠을 자는 엄마를 보면서 그 누구도 대신 할 수 없는 자식 사랑, 강인한 정신력은 엄마이기에 가능한 것 같다. 다시금 생명의 소중함을 느끼며 그동안 어려운 과정 속에서 끝까지 수고해 준 우리 병동간호사들에게도 고맙다는 말을 전하고 싶다. 나도 가족을 위해서라면, 한 가닥 지푸라기라도 잡을 수 있는 희망의 끈이 있다면, 끝까지 포기하지 않을 것이다.

소리 없는 기도

오늘은 참, 힘들고, 지쳐 바닥에 털썩 주저앉고 싶은 날
이다.

나는 중소병원에 근무하는 부서장이다. 출근과 동시에 나
의 업무는 시작된다. 아침 회진을 마치고 잠시 책상에 앉아
그날 일정을 확인하며 오늘 하루 무탈하길 바라는 나만의
소리 없는 기도를 한다.

오전 10시경 거침없이 전화벨이 울린다. 직원이 화장실
에서 쓰러졌다는 것이다. 의식이 없는 직원을 동료가 발견
하여 바로 응급실로 옮겼는데, 병명은 뇌전증Epilepsy이라고
한다. 다행히 주변에 위험한 물건이 없어 외관상 다친 곳은
없었다. 경련 후 의식 소실이 온 것인데, 진정제를 주사해
수면 중이었다. 잠시 후 깨어난 직원은 상기된 얼굴로 울먹
이고 있었다.

얼마나 놀랐을까! 직원들에게 노출된 이 상황이 무척 당황스러워 괴로운 것이 분명하다. 채용 면접 시 뇌전증에 대한 이야기는 전혀 없었고, 근무 중 처음 일어난 일이다. 나역시 많이 놀란 상태였지만 관리자로서 태연한 척, 지금은 기다려 주는 것이 최고인 것 같아 어깨를 토닥이며 괜찮은지 물었다. 고개를 끄덕이며 대답은 하지만 힘들어 보이는 모습이 역력하였다. 부모님께 알리자고 하니 걱정하신다며 바로 업무에 복귀하겠다고 한다. 고민 끝에 내일 면담하기로 하고 오늘은 아무 생각 말고 푹 쉬라며 일찍 귀가시켰다.

상황이 종료된 후에 병원장님께 보고 드리고 방으로 돌아오는데, 마음 한구석이 착잡해진다. 뇌전증 자체가 근무하지 못할 상황은 아니지만, 내 머릿속에는 이미 답이 정해져 있다는 것이다. 사전에 미리 이야기하지 않은 점, 같은 부서 동료는 하루에 두 번 약을 복용하고 있다는 사실을 알면서도 묵인 한 점이 나로 하여금 더 힘들게 하였다.

간호사는 아픈 사람을 상대하기에 좀 더 정확하고 세심한 부분까지 살펴야 하는 스트레스가 높은 직업이다. 갑자기 예기치 못한 변수가 발생했을 때 바로 대처할 수 있는 인력이 부족하고 기다려 줄 여유는 없지 않은가? 분명 전조증상이 있었을 텐데….

그때마다 휴식할 수 있는 공간과 휴가를 주는 편의를 제공한다는 게 병원에서는 거의 불가능한 일이다. 사실은 얼마 전에 그만두기로 예정된 직원으로 외래에 자리가 나서 부서 이동을 권유한 상태였다. 하지만 오늘 일로 부서 이동은 힘들 것 같다. 예정대로 사직 처리를 했더라면, 하는 후회가 짧은 순간 내 머릿속을 스쳐 지나갔다. 왜, 하필 이때! 라고 생각하며 한편으론 부서 이동 전에 발생하여 그나마 다행이라는 생각이 든다.

그때 또 다른 한 통의 외부 전화벨 소리가 울린다. 혹시 구인 광고를 보고 연락이 올 수 있다는 생각에 정신을 차리며 얼른 수화기를 집어 들었다.
" 여보세요 ○○병원 간호부장입니다."
미처 인사 멘트도 끝나기 전에 상대방은 다급한 목소리로 직원이 사망하였다는 말을 전하는 것이었다. 심근경색에 의한 갑작스런 죽음이었다. 순간, 실제 사망한 직원의 친정 어머니가 얼마 전 뇌졸중으로 쓰러져 혼수상태였었기에 직원의 어머니가 돌아가셨다고 생각했다. 어머니의 일로 그 직원은 스트레스를 많이 받고 있었던 상황이라 태연하게
"어머님이 돌아가셨다고요?"물으니 어머니가 아니고 직원이라며 다시 이름을 이야기한다.
"네?" 순간 눈앞이 깜깜해지며 이 일을 어찌하나 '무슨 마른하늘에 날벼락' 너무 놀라 소리도 내지 못하고 발신자 '띠이 ~ 띠이 ~' 소리만 수화기를 통해 들린다.

몇 분쯤 지났을까. 난 관리자의 모습으로 돌아와 있었다.

먼저 소속 병동 수간호사에게 연락하여 근무표 변경을 지시했다. 병원장님과 이사님 차례대로 보고를 마친 후 상조회에 연락하고 사후 조치를 하나씩 해결하고 있었다. 대체 인력은 어떻게 해야 하나? 이런 현실이 너무 싫고 점점 받아들이기가 힘들어진다. 누군가는 해결해야 하고 직업상 이 자리가 그런 자리임을 알지만 회피하고 싶은 심정이다. 평소 과묵하게 열심히 일한 직원이었는데 왜 먼저 데려갔을까….

소속 병동 간호사들은 어제까지 같이 근무하고 비번이라 잘 쉬고 오라고 인사까지 했다는데, 모두가 충격에 사로잡혔다. 저녁에 문상을 가야 하나? 차마 영정사진을 볼 용기가 나질 않는다. 둘째가 간호학과 2학년에 재학 중이라고 자랑했던 말이 귀에서 맴돈다.

오늘 하루 하늘이 무너지는 큰 일을 여러 번 겪고 나니, 아침에 있었던 일은 아무것도 아닌, 큰일에 하나의 작은 퍼즐 조각에 불가한 것이라는 생각이 든다. 항상 내일이 있다고 생각하고 미루지 않았던가? 미처 깨우치지 못한 많은 일들 앞에 저절로 숙연해짐을 느낀다. 갑작스런 죽음은 슬퍼할 시간도 부족하다. 그동안 좋아합니다. 사랑합니다. 고맙습니다. 라는 표현에 인색했고 결과물에 집착하며 살아온 것 같다. 시간이 지나면 잊혀 지겠지만 이제 좀 더 집착의 시간으로부터 자유로워지고 싶다.

맘모톰Mammotome

입춘이 지났지만 날씨가 제법 쌀쌀하다. 오전 근무를 마치고 병원 진료가 예약 되어 있었다. 주차장에는 나를 병원에 데려다주기 위해 중년의 남자가 기다리고 있다.

아무렇지 않게 생각했었는데…. 시간이 다가올수록 초조하고 불안해진다. 차를 타고 가면서 보이는 풍경이 예전처럼 눈에 들어오지도 선명하지도 않다. 그저 스쳐 지나가는 스크린의 한 장면으로만 느껴진다. 조용히 침묵이 흐르고 애써 말을 시키는 남편에게도 평소와 달리 빨리 달린다며 짜증스럽게 날카로운 반응을 보인다.

나는 그 시간이 천천히 다가오길 바라는 마음일까? 예약 시간 보다 일찍 도착했다. 1박 2일 일정의 맘모톰Mammo-tome, 진공 흡입 시술을 받기 위함이다. 코로나로 인해 보호자는 병원에 들어갈 수 없었다. 남편은 내가 점심을 먹지 않고 바로 출발하였기에 "간단하게 샌드위치나 간식거리라도 사줄까"하는데, 나는 경상도 특유의 무뚝뚝한 말투로 "그냥, 끝나고 밥 먹지."라고 대답하며 차에서 내렸다. 병원 입구에서 발열 체크를 하고 번호표를 뽑았다. 대기실에는 많은 사람들이 기다리고 있었는데, 그중에는 젊은 여성들도 더러 보인다. 드디어 내 차례가 되었는지 이름을 부른다. 입원 수속을 하기 위함이다. 1인실은 없고 2인실도 한 자리 남아 있었다. 이렇게 많은 사람들이 시술을 받기 위해 기다린다는 게 믿기질 않았지만, 한편으론 다행이라는 생각이 든다.

잠시 후 간호사가 또다시 이름을 부른다. 코로나 PCR검사 결과지를 확인하며 시술 부위를 점검하기 위해 한 번 더 초음파를 확인하고, 병동 간호사실로 바로 가면 된다는 설명이었다. 초음파실 담당자는 대수롭지 않게 커튼도 없이 탈의 상태에서 검사를 진행하였다. 일상처럼 수술 부위를 검정색 펜으로 표시하였는데, 잔뜩 긴장한 탓인지 나도 모르게 움찔하였다. 환한 조명은 아니었지만 탈의를 하는 것이 부끄럽지 않게 좀 더 세심한 배려를 해주었더라면 하는 아쉬움이 남는다.

복도 끝 엘리베이터를 타고 병동 간호사실에 도착했다. 시술 환자들은 차례대로 담당 간호사가 직접 활력징후를 체크하고 병력을 확인한 후 병실로 안내받고 있었다. 나 역시 담당간호사가 혈압을 측정하고 약물 알레르기, 암에 대한 가족력을 물어 보았다. 나는 평상시는 저혈압인데, 긴장해서 그런지 20mmHg정도 높게 나와 오히려 정상혈압이었다. 환의를 받고 입원실로 올라가니 2인실이라 벌써 다른 한 분이 와 계셨다. 잠시 인사를 나누고 개인 소지품을 정리하고 옷을 갈아입었다. 시술 전 마취 크림을 바르기 위해 병실에서 대기하였다. 잠시 후 호출 벨이 왔고 먼저 준비한 옆 환자분이 내려갔다. 십오 분쯤 지나 병실로 돌아왔는데, 젊은 분이라 그런지 아프지도 않고 금방 끝나더라는 말에 마음이 조금 편해지는 것 같았다.

삼십 분쯤 지나고 호출 벨이 울려 수술실로 내려갔다. 앞 환자분이 아직 끝나지 않았는지 수술실 문은 굳게 닫혀있었다. 십 분 정도 기다리는 동안 가슴은 뛰기 시작했다. 드디어 이름이 호명되었고 주민 번호 앞자리와 시술 부위를 확인 후 침대로 옮겨졌다. 침대는 긴장을 풀어주기 위함인지 적당한 온도로 따스하였고 마스크를 낀 상태로 시술이 진행되었다. 먼저 시술할 부위를 소독하였다. 차가운 소독약은 내 몸 깊숙이 스며들었다.

담당의사의 "시작하겠습니다"는 말이 끝나기 무섭게 숨이 멈추는 듯하였다. 미리 마취 크림은 발랐지만, 날카로운 바늘의 사면이 피부를 뚫고 내 몸속으로 들어온다는 느낌을 알기에 더 힘들고 고통스러웠다. 힘들면 말하라고 하였지만, 혹시 집도에 차질이 생길까 숨죽이며 꾹 참았다. 수술대 위에선 똑같은 심정이 아닐까. 하지만 중간에 국소마취제Lidocain, 출혈Bleeding이라는 말이 내 귀에 쏙쏙 들려왔다. 뭔가 잘못되어 가는 걸까? 의구심이 자꾸 든다. 차라리 대화 내용을 들을 수 없었더라면, 덜 불안하고 긴장되지 않았을까. 그래서 환자분들이 살짝 재워달라고 하는 걸까. 의사에게 물어 볼 수도 없고, '괜찮겠지, 아무 일 없을 거야' 속으로 다짐하며 초조하고 긴장되어 눈을 감아버렸다. 십 분이 한 시간으로 느껴지는 순간이었다.

다행히 이십 분정도 걸려 시술은 끝났으나 출혈이 있어 십 분 정도 직접 압박 후 압박붕대를 감고 그 위에 한 번 더 밴드를 감았다. 혈관분포가 많은 곳이라 열 명중 세 명 정도 출혈이 발생한다며, 병실에서 두세 시간 정도 엎드린 자세를 유지하라는 설명을 들었다. 병실로 올라오면서 많은 생각에 잠긴다. 이럴 줄 알았으면 남편이 샌드위치 사준다고 할 때 먹을 걸 후회가 된다. 베개에 양쪽 가슴을 대고 엎드린 자세로 두 시간 정도 지혈을 했다. 그만할까 생각도 들었지만 혹시 잘못되어 부종이나 혈종이 생기면 더 힘들어진다는 것을 알기에 세 시간을 다 채웠다.

시계는 저녁 일곱 시를 가리키고 있었고 배꼽시계는 꼬르륵 소리를 내기 시작했다. 미리 받아 놓은 식은 밥과 국으로 허기를 달래고 항생제와 진통제가 들어있는 약을 먹었다. 잠시 후 간호사가 와서 지혈제라며 혈관주사를 주었다. 드레싱은 내일 아침에 하며 특별한 이상이 없으면 바로 퇴원할 수 있다고 설명한다. 감사하다는 인사를 하고 핸드폰을 보았다. 여기저기서 전화가 들어와 있었다. 제일 눈에 띈 것은 엄마 전화였다. 걱정을 많이 했는지 수 차례 전화가 들어와 있었다. 통화가 되자마자 눈물 섞인 목소리가 내

귀에 고스란히 전해졌다. 애써 태연한 척 대답은 했지만 먹먹한 마음은 오래 지속되었다.

다음날 아침 일찍, 드레싱을 하기 위해 압박붕대가 풀렸다. 마치 쪼인 가슴이 활짝 열리는 듯했다. 다행히 지혈이 잘되어 부종도 없고 말랑말랑하다는 것이다. 조직검사 결과는 일주일 뒤 외래 진료 시 확인하며, 필요한 보험 서류는 그때 청구하면 된다고 하였다. 참으로 감사하다는 생각과 수고하셨다는 인사말에 절로 고개가 숙여진다.

간호사로 근무하면서 간단한 시술은 너무 쉽게 대수롭지 않게 환자들에게 설명했는데, 막상 닥쳐보니 나도 똑같이 수술대 앞에서는 불안한 환자였던 것이다. 이번 경험을 토대로 이론적인 설명도 중요하지만, 무심코 말한 의료진의 말 한마디가 환자를 더 불안하게 할 수 있겠다는 생각이 들었다. 앞으로 말 한마디라도 좀 더 세심하게 신경을 쓰고, 환자에게 편안하게 접근할 수 있는 간호사가 되어야겠다는 생각이 들었다.

퇴원 수속을 마치고 돌아오는 차 안에서 하늘을 다시 보았다. 모든 일에는 우선순위와 타이밍이 있다는 것을 새삼 느끼며 만감이 교차하였다. 어제보다 더 맑고 파란 하늘이 나에게 미소를 보내는 듯했다.

— ✦ —

달팽이

'아이, 귀엽고 사랑스러워' 우리의 첫 만남은 싱크대였다. 텃밭을 하는 지인으로부터 갖가지 채소를 받았는데, 그 속에 손님처럼 따라온 것이다. 상추, 깻잎, 당귀, 케일, 쑥갓, 치커리 등 정말 싱싱하였다. 마치 흙 속에서 방금 빠져나와 '나 좀 데려가소?' 하며 이야기하는 것 같았다. 난 참을 수 없는 충동을 느끼며 빨리 쌈장을 만들어 한입에 삼켜버리고 싶었다.

절로 콧노래를 흥얼거리며 채소를 다듬기 시작하였다. 깨끗하게 씻어 물기를 제거하는 동안 채반에 담아 놓고 잠시 자리를 비웠다. 그 사이 물살을 헤치고 싱크대 벽면에 고동처럼 찰싹 붙어있는 회색빛의 달팽이를 발견하였다. 딱딱한 등껍질을 가지고 있어 속내를 알 수가 없었다. 처음에는 너무 놀랍기도 하고 신기하기도 해서 툭 건드려 보았다. 회색빛 달팽이는 데굴데굴 구르더니 꼼짝도 하지 않고 마치 죽은 시늉을 한다.

정말 죽은 걸까?

혹시 몰라 상추 잎사귀 하나 두고 또다시 자리를 비웠다. 하지만 다시 갔을 땐, 달팽이는 온 데 간 데 없고 내 눈에는 상추 잎사귀만 덩그러니 놓여 있었다. 깜짝 놀라 여기저기 찾기 시작하였다.

누가 달팽이가 느리다고 했나?

하, 깜찍하게 잎사귀 뒷면에 숨어있었네. 자세히 살펴보니 검은빛의 두 개의 더듬이, 돌기가 난 혀, 배 밑에 발까지 귀여운 구석이 많다. 이동할 때는 마찰을 줄이기 위해 배 부분에서 만들어지는 끈끈한 점액을 이용한다. 최대한 길게 고무줄처럼 뻗으며 움직이는 것을 볼 수 있다. 얼마나 힘이 들까? 위험을 감지하고 도망치는 것인가. 작은 몸짓에 가다가 떨어지고 또 가다가 떨어진다. 자기 집 지붕보다 작은 몸은 보는 이의 마음을 애처롭게 한다. 두 손으로 대신 옮겨주고 싶다. 살기 위해 몸부림치는 작은 달팽이를 보며 우리는 우리의 삶을 너무나 쉽게 포기하는 것은 아닌지 하는 생각이 든다.

다시금 생명의 소중함을 느끼며, 원래 있던 고향 텃밭으로 돌려보내고 싶다.

 다음날 아침, 안녕, 달팽이야, 잘 가! 고향 텃밭으로 달팽이를 보내는 내 마음 한구석에 작은 행복이 찾아오는 것 같다.

내 편

쿵! 잠시 기억이 멈춘다.

오늘도 평소와 다름없이 라디오에서 흘러나오는 음악을 들으며 운전을 하고 있었다. '쿵!' 소리와 함께 정신을 잃었다. 눈을 뜨는 순간, 차는 차로를 벗어나 있었다. 너무나 갑작스럽고 놀란 나머지 내 머릿속은 하얀 백지장처럼, 아무런 생각이 나지 않는다. 바깥에는 비가 내리고 날은 어두워지기 시작하였다. 삼거리 도로에 퇴근 시간까지 겹쳐 많은 차들이 '빵빵' 경적을 울리며 지나간다. 심지어 욕하며 구경하듯 쳐다본다. 마음으론 '빨리 차에서 내려야지'하면서도 몸은 마치 얼음장처럼 굳어 있었다. 내 가슴은 무서움과 불안감에 '쿵쾅쿵쾅' 먼저 반응을 보이기 시작했다.

우선 숨을 크게 들이쉬며 '정신을 차리자, 정신을 차려야지'하면서 내 뺨을 때렸다. 아픔보다 이 위기를 벗어나야 한다는 생각뿐이었다. 제일 먼저 비상 깜빡이부터 켜고 핸드폰을 찾기 시작했다. 누군가에게 급히 연락해야 하는데….

순간, 떠오르는 사람이 남편이었다. 전화기 버튼을 누르자 신호만 가고 받질 않는다. 속은 까맣게 입술은 바짝바짝 타들어 간다. 드디어 딸깍 "여보세요"하는데 너무 반가워서 눈물이 날 뻔, 목이 메어 말이 나오지 않는다. "어디야" 다행히 "집"이라며 바로 오겠다는 소리를 듣자 놀란 가슴은 조금씩 진정이 되기 시작하였다.

잠시 후 밖에서 '똑똑' 창문 두드리는 소리가 들린다. 일단 창문을 살짝 내렸다. 칠십 대로 보이는 남자분이 서 계셨다. 나도 모르게 고개를 숙이며 창문을 내렸다. 먼저 사과를 하시며 핸드폰을 집으려다 미처 내 차를 못 봤다는 것이다. 연거푸 고개를 숙이며 죄송하다고 하는데, 참으로 난감하였다. 일단 차에서 내려 큰 외상은 없다며 안심 시켜드리고 차를 쳐다보는 순간, 나도 모르게 다리에 힘이 쭉 빠졌다. 운전석 앞 측면 범퍼가 크게 부딪혀 쑤욱 들어가 있었다. 조금만 뒤쪽으로 밀렸다면…. 아! 상상만 해도 끔찍하다. 그나마 천만다행으로 행운이었다.

시간이 흘러 가해차주는 차를 빼기 시작하였다. 나도 차를 빼야 하나 고민이 되었다. 하지만 보험회사 담당자가 오기 전, 사고 현장에서 차량을 이동하면 불리해 진다는 생각이 스쳐 지나갔다. 발만 동동 구르며 남편이 오기만을 애타게 기다리고 있었다. 멀리서 낯익은 차 한 대가 가까이 다가온다. 남편 차였다. 남편은 도착하자마자 괜찮은지 묻고는 분주하게 움직이기 시작했다. 현장 사진을 찍어 바로 보험회사에 연락하고, 가해 차주 분과 인사를 나누더니 차를 안전한 곳으로 이동시키는 것이었다. 잠시 후 양쪽 보험회사 직원이 도착하였다. 신분을 확인한 후 차량번호 및 사고 경위를 물었다. 사고 차량은 내일 가져가고 비슷한 차종에 렌트카를 보내 주겠다고 한다. 마지막으로 치료 잘 받으시라는 인사와 함께 명함을 주며 사고 접수는 끝났다는 것이다. 나는 너무 간단하게 처리되는 이 과정을 묵묵히 지켜보며 많은 감정이 교차되었다.

집으로 돌아오는 길에 다시 한 번 더 감사함을 느끼며 운전대를 잡고 있는 남편을 넌지시 쳐다보았다. 눈이 마주치자 무안한 듯 묵음으로 '왜' 하는 모습이 오늘따라 사랑스러워 보인다. 평소에는 생각지 못했던 고마움과 큰 사고로 이어지지 않음에 감사하며, 내 편이 있다는 든든함을 느끼는 소중한 하루였다.

눈매

오늘부터 75세 이상 무료 독감 접종이 시작된다. 진료 시작 전 벌써 대기실에는 많은 분들이 기다리고 있다. 시작과 동시에 어떤 이벤트가 일어날지 긴장되기도 설레기도 한다. 나는 접종을 직접 하지는 않지만 예진표 작성과 안내를 도와주고 있다.

예방 접종자 중 고령에도 불구하고 혼자 오시는 분들이 많다. 눈이 안 보인다며 돋보기를 찾으시는 분, 보청기를 두고 와서 소리가 안 들린다는 분, 글씨를 몰라 적을 수 없다는 분, 무조건 주민등록증만 내미는 분들도 있다. 많은 손길이 필요하다는 것을 알지만 정작 보호자는 없다. 인생의 지팡이 무게만큼 힘들어 보인다.

정신없이 서너 시간 훌쩍 지나가고 잠시 멈추었을 때, 누군가 나를 뚫어지게 쳐다본다는 느낌이 들어 고개를 들다 눈이 마주쳤다. 연세가 지긋하게 보이는 한 분이 그 자리에 앉아 계셨다. 자연스레 고개를 숙이며 인사를 하였다.

그분이 점점 내게로 다가온다. 부담스럽게 가까이 더 자세하게 쳐다본다. 내 얼굴에 뭐가 묻었나? 옆에 있는 직원에게 물어 보는 순간, '혹, 성이 주가가 아니냐?'고 물으며 눈은 나의 이름표를 응시하고 있다. 네, 맞습니다. 라고 대답하였고 연이어 아버지 성함이 주○○ 아니냐고 다시 물어본다. 깜짝 놀란 눈으로 '맞습니다. 어떻게 저의 아버지를?' 의아한 눈빛으로 쳐다보았다.

갑자기 눈시울을 붉히시며 미안하다고 한다. 이게 무슨 영문인지 나도 몰라 얼떨결에 세상에 이런 일이…. 혼자말로 중얼거리며 저를 아시냐? 고 물었다. 아버지와 어릴 때 한동네에서 자라 학교도 같이 다닌 '소꿉친구'라고 한다. 늦게 부고 소식을 들었고 연락이 닿지 않아 조문을 오지 못했다는 것이다. 지척에 살고 계셨지만 뵌 적이 한 번도 없었고 기억에도 전혀 없는 분이다. 코로나로 인해 마스크를 쓰고 있었는데도 눈매가 아버지와 너무 많이 닮았다고 한다. 오히려 가려진 마스크로 눈매를 집중해서 볼 수 있었던가. 잠시 머뭇거리며 어머니 안부를 물어보시고 집으로 돌아가셨다. 이분은 계속 우리 병원에 오는 고객 중 한 분이셨다.

퇴근 후 오늘 있었던 일을 어머니께 말씀드리니 어찌 이런 일이, 친구분 맞다시며 처음 결혼했을 때 자개거울을 선물 받았는데, 정작 그분 결혼식 때 답례를 못했다며 미안한

감정을 가지고 계셨다. 한 번은 꼭 만나 인사를 해야 한다
며 연락처를 물어 보신다.

　참, 신기하다. 세상에 닮은 사람은 많다. 얼마나 많은 시
간을 함께하고 관심 있게 눈을 쳐다보고 이야기를 해야만
알 수 있을까? 눈매를 보고 옛 친구를 떠 올린다는 게….
　코로나로 인해 잠시 잊고 있었는데, 아버지가 돌아 가신
지 딱 십 년째이다. 살아 계셨으면 시월이 생신인데 보고
싶어 대신 친구분을 보내신 건가. 찾아뵙지 못한 지 이 년
이 되어간다. 갑자기 돌아가신 아버지가 보고 싶어진다. 아
버지가 계신 해인사 고불암에 다녀와야겠다.

의지의 지팡이

똑똑! 방문을 두드리는 소리가 들렸다. 잠시 후 환한 미소를 지어 보이며 아흔인 할아버지와 여든이 넘으신 할머니가 뒤따라 들어오셨다. 손에는 작은 검정 비닐봉지가 들려 있었다. 할아버지가 밭에서 손수 캐었다며 쑥이 가득 담긴 검정 비닐봉지를 건네주셨다. 빈손으로 오시라고 해도 꼭 무얼 들고 오신다. 벌써 햇수로 이십 년이 훌쩍 넘었다. 할아버지가 우리 아파트 경비 보실 때 친정어머니와의 인연이 나의 인연으로 이어져 오고 있었다.

딸이 병원에 다닌다는 친정엄마의 이야기를 들은 후부터 건강에 조금의 이상이 생겨도 나에게 연락을 하신다. 처음에는 부담스럽게 생각했는데, 이제는 그냥 친할머니, 친할아버지라 생각하니 차츰 이 인연에 익숙해졌다. 자녀들이 멀리 경기도, 서울에 살다 보니, 할아버지 할머니께 무슨 일이 있어도, 당장 내려오질 못한다. 대부분 두 분이 모든 일을 해결해야 하고 자식들의 안부는 전화로 묻는 편이라고 한다. 그래서 건강상의 모든 문제는 나한테 상의하고 우리 병원에 오신다.

오늘도 음식을 잘못 드셨는지 설사를 많이 했다며 찾아오셨다. 잠시 후 내과 진료를 보았다. 의사선생님이 '워낙, 고령이라 입원해서 검사를 진행하는 게 좋겠다'고 하여 할아버지께 설명을 해드렸다. 할머니는 할아버지가 귀가 안 들리니 본인에게 이야기하라고 하신다. 서울에 있는 아들에게 연락을 하여 할아버지 상태를 설명하고 입원 수속을 하자고 말씀드렸다. 할머니는 아들이 알면 걱정한다며 절대 안 된다고 고개를 저으셨다. 나중에 다 나은 후 이야기하면 된다며 고집을 부리신다.

노부부는 서로의 귀와 다리가 되어 함께 병원을 다니신다. 할머니는 허리 수술을 해서 보조기를 차지 않으면 걷기가 힘들고, 할아버지는 노인성 난청으로 알아 듣지 못하신다. 그래서 두 분은 꼭 함께 다니신다. 할머니가 걷기 힘들 때는 할아버지가 지팡이 역할을 대신해 기다려주고, 할머니는 할아버지의 귀가 되어 듣고 대신 이야기를 해주신다. 노부부는 살아 온 세월만큼 이미 둘이 하나가 되어 함께 살아가는 동반자요, 인생의 마지막을 향한 길에 서로 힘이 되어주는 의지의 지팡이다.

진료를 볼 때마다 연세가 많아 시간도 많이 소요되고, 특히 젊은 보호자가 없으니 주치의가 귀찮아하거나 싫어하는 기색을 보일 때도 가끔 있다. 그래서 나는 하는 수 없이 노부부의 보호자가 된다. 진료 볼 때 같이 따라 들어가 함께 있어 주고, 진료 후에는 재차 알아들었는지 확인하고, 또 설명해 드리며 안내를 한다. 그 이후로 너무 고마워하시며 멀리 있는 자식보다 낫다며 다정하게 내 손을 잡아 주신다.

우리도 머지않아 노인이 될 것이다. '우리도 두 분처럼 함께 다니면서 서로 의지의 지팡이가 될 수 있을까!' 한 사람이라도 건강해야 가능하지만 아마 우리는 요양병원으로 가지 않을까 하는 생각이 든다. 노부부는 느리지만 서로의 보폭에 맞추어 기다려주고, 앉았다가 일어설 때 손 내밀어 당겨주는 모습이 아름답게 보였다. 아무리 자식이 잘한다고 하더라도 오랜 세월 함께한 부부만큼이나 속마음을 잘 알 수 있을까.

삼 일 후, 할아버지는 대장내시경을 했고 용종을 여섯 개나 제거하였다. 연세가 많아 걱정을 많이 했는데 다행히 잘 끝났다. 조직검사 결과는 일주일 후 외래에서 확인하기로 하고, 다음날 웃으면서 퇴원하셨다.

일주일이 지났다. 누군가 똑똑! 방문을 두드린다. 할아버지가 할머니의 손을 꼭 잡고 활짝 웃으며 들어오신다. 지금처럼 서로가 의지의 지팡이가 되어 건강한 모습으로 오래 뵈었으면 좋겠다.

작별

핸드폰 벨소리가 쉼 없이 울리며 아침을 깨운다. 벽시계를 쳐다보니 6시 30분이다. 아직 이른 시간인데 무슨 일이 있는 걸까? 불길한 예감이 뇌리를 스친다. 엄마 전화였다. '여보세요.' 다급한 목소리가 전해진다.

'외할머니가 돌아가셨다.' 흐느끼는 엄마의 목소리에 순간 당황했지만, '엄마 잠시 기다리면서 준비하고 있어. 출발할 때 전화할게'라고 침착하게 전화를 끊고 허겁지겁 가방을 챙겨 엄마 집으로 향했다.

외할머니는 아흔일곱으로 정정하셨는데 치매가 오면서 딱 1년 정도 요양병원에 계셨다. 코로나 감염 후 급격하게 기력이 떨어져 의료원으로 전원한 상태였다. 몇 번의 위기를 넘기고서야 겨우 상태가 호전되어 퇴원 준비를 하던 중 갑자기 위독하다는 소식을 들었다. 이번 주말에 엄마를 모시고 올라가려고 했는데 하루 전날 돌아가신 것이다. 엄만,

이번에도 할머니께서 고비를 잘 넘기리라 생각했던 것이다. '하루만 일찍 갔어도. 내가 먼저 버스를 타고라도 갔어야 했는데….' 하며 많이 안타까워하셨다. 외할머니 마지막 모습을 보지 못해 속상해 하시면서도, 직장에는 얘기하고 왔냐고 오히려 나를 걱정한다.

강원도 삼척이 고향인 엄마는 멀리 경상도로 시집을 오면서 외가댁과 왕래가 자연스레 멀어졌다. 나 역시 이모나 외삼촌은 얼굴 정도만 알고 외사촌들과는 만나면 인사하는 정도였다. 생전에 외할머니는 엄마를 고생시킨 아버지를 좋아하지 않았고, 얼굴이 아버지와 닮았다는 이유만으로 막내 여동생을 만나면 꼬집고 쥐어박았던 기억이 난다.

차는 쉬지 않고 계속 달렸고 차창 밖으로 동해 바다가 보이기 시작했다. 멀리 비치는 따스한 햇살에도 푸른 바다는 더 깊고 슬퍼 보였다. 드디어 출발 다섯 시간 만에 장례식장에 도착했다. 입구에서 외할머니 이름을 확인하고 빈소로 들어서는데 영정사진과 눈이 마주쳤다. 방금이라도 '누구야' 이름 부르며 나올 것처럼 생생하게 느껴졌다. 상주인 외삼촌들께 가볍게 목례를 한 후 분향을 하고 영좌 앞에서 두 번 절을 하고 물러서서 상주와 맞절하고 조문을 끝냈다.

둘째 날, 장례지도사의 주관하에 고인의 얼굴을 마지막으로 볼 수 있는 염습과 입관식을 보게 되었는데, 외할머니의 얼굴이 생전에 잠자는 것처럼 편안하게 보였다. 눈에는 연

갈색의 샤도우로 입술에는 다홍색 립스틱으로 양 볼에는 핑크빛 터치로 화사하게 단장을 해놓아 참으로 고운 모습이었다. 이승에서의 마지막 작별을 고하며 가족들이 할머니의 얼굴을 쓰다듬는데, 얼음처럼 차가운 피부가 손끝을 통해 내 몸속으로 들어오는 느낌이었다. 하지만 무섭거나 두렵게 느껴지진 않았다.

엄숙한 분위기 속에 진행되는 반함은 눈물마저 머금게 하였다. 상주들은 돌아가면서 입안으로 쌀을 넣고 '천석이요 만석이요'라고 외쳤다. 관 위에 노잣돈을 올리는 것은 저승 가는 길에 먹을 양식과 비용으로 편히 가시라는 뜻으로 내려오는 풍습이라고 한다. 손수 만들어 놓은 수의를 입히고 마지막 입관 전에 온몸 간격이 일직선이 되게 일곱 매듭으로 묶는다. 생전에 묶임은 구속이요 불편함이라면, 지금은 반듯한 신체 선열을 유지하고 이탈을 방지하기 위함이다. 관 내부는 한지로 쿠션을 만들어 폭신폭신하게 침대 매트리스처럼 깔고 망자가 들어갈 공간을 제외한 좌우에는 꽃상여를 연상하듯 생화로 채웠다. 꽃향기 가득한 마지막을 맞이하시라는 깊은 뜻이 담겨 있었다.

마지막으로 좋아하는 유품을 넣어도 된다는 장례지도사의 말에, 가족들은 생전에 좋아하고 즐겨 입던 꽃무늬 스웨터와 틀니를 함께 넣었다. 입관을 끝내고 대성통곡하는 엄마의 손을 잡고 뒤돌아 나오는데, 나도 모르게 이승에서의 마지막 모습이라고 생각하니 참았던 눈물이 쏟아졌다. 부

디 가시는 길 외롭고 쓸쓸하지 않게 좋은 추억, 행복한 시
간들만 기억하시며 편히 가시길….

　그 이후로는 외할머니의 얼굴은 꿈속에서도 볼 수 없었
다. 작별이었던 것이다.

Pro
나이팅게일의 수다

박
미
경 朴美景

가야대학교 보건대학원 간호학 석사학위를 취득하였으며 부산대학교 간호학과 박사 과정을 수료하였다. 정신건강전문요원 1급 자격을 가지고 있으며 김해중독관리통합지원센터 팀장을 역임하였다. 현재는 늘품정신건강상담센터장, 김해대 간호학과 겸임교수, 인제대학교 평생교육원 외래 강사로 활동하고 있다.

| 논문 |
「알코올중독자 부인의 삶의 경험」(2015)

가슴은 뛴다

나를 위해 노래를 불러주던 소년의 목소리에
사춘기 십 대 소녀의 가슴은 뛴다

나이팅게일 선서를 맹세하며 환자를 돌보던
풋내기 이십 대 신규 간호사의 가슴은 뛴다

인생의 반려자를 만나고 새로운 생명의 탄생에
삼십 대 엄마의 가슴은 뛴다

아이들의 웃음소리에 인생의 단맛과
삶의 롤러코스터에 쓴맛을 느끼며
사십 대의 가슴은 울렁이며 다시 뛴다

세상의 진리와 천명天命을 알아 갈 때 쯤
오십 대의 가슴은 벅찬 감동으로 뛴다

지금은 매 순간 가슴이 뛴다

육십 대를 맞이할 두려움과 설렘으로
아직도 남아 있는 이끌림이 존재하는 것만으로도
내 가슴은 둥둥 울림을 보낸다

불 꺼진 병실

깊이 잠들지 못해 한참을 뒤척이다가 새벽 4시 자리를 박차고 일어났다. 모처럼 새벽 공기를 맞이하고 싶어 운동복으로 갈아입고 집을 나섰다. 늘 운전해서 다녔던 거리를 오늘은 걷기로 했다. 축협 사거리를 지나서 외동 시장까지 도착했지만, 이른 시간이라 떡집 이외에는 아무런 미동도 없이 조용하고 고요하다. 시간이 멈춘 듯 주변의 가게들과 건물들이 유난히 내 눈 속으로 들어왔다. 건강한 빵집도 있고, 치킨집, 분식집, 얼큰한 국물이 맛있어 보이는 밥집도 있었다. 다음에 엄마랑 지인들과 함께 오고 싶다는 생각으로 입가에 미소를 머금었다.

집으로 가는 길은 왔던 길과는 다른 길로 방향을 돌렸다. 한참 음악을 들으며 흥얼거리며 걷다가 발길이 멈추었다. 가로등 불빛 아래 불 꺼진 병실이 무게감 있게 눈에 들어왔다. 27년 만에 처음으로 보는 불 꺼진 병실이었다. 최근 부도설로 김해를 떠들썩하게 만들었던 병원. 하루아침에 사백여 명의 직원들은 오갈 데가 없어졌고 환자들은 옮겨 갈 병원들을 찾아 헤맸다는 이야기를 전해 들었다. 병원에 종사하는 지인들과 가족들 모두 이 상황을 믿지 못했었다.

1996년 간호사 4년 차 때 이 병원과 나의 인연은 시작되었다. 나는 시골도 아닌 도시도 아닌 도농복합 도시인 김해에 정착하게 되었다. 그 세월이 벌써 이십칠 년이나 흘렀다. 그때는 자발적인 선택보다는 가족의 권유로 오게 되었던 것이다. 그렇게 지금 눈앞에 보이는 병원에서 2년 동안 근무하게 되었다. 이 병원과의 인연을 시작으로 나는 김해를 제3의 고향으로 생각했다. 함께 동고동락했었던 기숙사 동기들과의 생활과 IMF 위기를 맞이하며 직원들과 함께 이겨내야 했던 시간이 영화 필름처럼 스쳐 지나갔다. 그래서 쉽사리 발길이 떨어지지 않는다. 화려한 가로등 불빛과는 반대로 불 꺼진 병실은 건물의 무게만큼 무겁게 느껴졌다. 허허벌판 속에서 병원과 과수원만이 덩그러니 있던 자리에 식당들이 들어서고, 주유소, 약국, 대형마트가 들어왔다. 그리고 몇 년 후 주유소가 사라지고 병원 증축과 함께 건물들이 지어졌다. 아이들이 어릴 때는 돌발적인 응급상황들로 이용한 응급실은 가족들의 안식처가 되어주었고, 알코올중독자들에게는 생명의 위험이 가해질 때마다 들락날락하며 버팀목이 되어 준 병원이었다. 늘 그 자리를 지켜내며 지역 주민 모두와 함께 존재했던 것 같다.

간호사들은 자신의 직업에 긍지를 가지고 최선을 다한다. 자기 일처럼 화도 내고, 선배 간호사에게 혼쭐이 나서 울기도 하고, 수시로 발생하는 응급상황에 늘 긴장하며 문제해결을 위해 많은 부서와 갈등을 겪기도 한다. 불의를 참지 못해 오지랖을 펼치기도 하며 싸움닭도 자처한다.

그렇게 많은 간호사와 의료진으로 겹겹이 쌓아놓은 인연과 결실들이 하루아침에 연기처럼 사라졌다. 최근까지 머물러 있던 직원들의 심정은 어떠했을까? 무너지는 가슴을 겨우 부여잡고 십 년 이십 년을 한결같이 다녔던 병원일 텐데. 직장을 잃지 않기 위해 최선을 다했을 직원들, 첫 직장생활로 설렘과 긴장으로 열심히 적응하기 위해 애썼던 신규들, 어떻게든 병원을 지켜내기 위해 노력했을 부서장들의 책임감과 안타까운 마음들이 가슴속으로 저며 든다. 그렇게 그렇게… 한참 동안 불 꺼진 병실을 말없이 바라보았다.

마음이 아픈 아이들

　몇 년 전 십 대 청소년들이 거짓으로 통증을 호소하며 병원에서 '펜타닐패치(마약성 진통제)'를 처방받아 고액으로 판매한 일이 있었다. 또 다른 청소년들은 펜타닐패치를 교내에서 조제 후 흡입하다, 경찰에 붙잡힌 사건이 일어났다. 적발된 청소년들은 '마약인지 몰랐고 기분 좋아지는 약인 줄 알았어요'라고 진술했다. 펜타닐패치를 마약으로 사용해 입원 치료를 받는 어떤 청소년은 '이제 저는 완전히 중독되어, 회복이 안 됩니다'라며 스스로 삶을 포기하는 말을 하기도 한다.

　어른들이 전혀 모르는 사이 SNS를 통해 청소년들이 마약성 의약품을 접한다는 기사와 함께 사회 쟁점이 되었다. 정부와 교육청은 뒤늦게 수습하느라 진땀을 뺐다. 우리 중독센터도 대책 마련을 위해 여러 곳에 불려 다녔다. 더욱 놀라운 일은 일부지만 페니드(ADHD 치료제), 듀로제식 패치(마약성 진통제·펜타닐), 자낙스(신경안정제-향정신성 약물) 이런 약물들을 원하는 대로 의심 없이 처방하는 일부 병원이 있다는 것이다. 미국에서 마약을 한 경험이 있는 사람의 말에 의하면 '한국에 오니 필로폰과 헤로인 구하기는 미국보다 어려워도, 병원에서 다른 약을 구입하기는 엄청 쉽다. 여긴 달라면 다 주더라'고 했던 기사들도 접할 수 있었다.

2018년부터 중독관리통합지원센터에서는 4대 중독(알코올, 마약, 도박, 인터넷·스마트폰) 관련 예방 교육을 더 강조하며 강사들과 함께 고민했다. 그리고 학생들에게 마약 예방 교육이 마약에 대해 몰랐던 학생들에게 오히려 역학습 되는 현상이 되지 않을까 우려도 했었다.

하지만 중독센터의 이런 고민에도 불구하고 유튜브와 틱톡을 통해 중독이 확산되는 속도를 따라잡을 수는 없었다. 그러나 이제는 학생들이 SNS를 통해 잘못 알고 있는 정보를 바로잡는 것이 예방 교육임을 인식하게 되었다. 그리고 중독센터의 중독 교육이, 중독을 백 퍼센트 다 막을 수는 없지만 한 번의 실수나 호기심으로 시작된 중독의 길을 멈추게 하거나, 중독의 길을 시작하지 못하게 막을 수 있다는 것에 확신을 가지게 되었다. 하지만 늘 고민하는 것은 아이들이 중독으로 첫발을 떼였을 때, 아이들의 인생 걸음이 어디서부터 잘못된 걸까, 왜 아이들은 일상생활에서 행복을 느끼지 못하고 물질이나 행위에 중독되어 도파민을 갈구하는 것일까에 대해 생각하게 된다.

센터를 찾아오는 부모님은 대부분 화가 나 있고, 아이들은 미안함으로 몸을 웅크리며 마음이 힘겨움을 호소한다. 많은 부모가 아이를 낳아 키우며 힘든 순간이 올 때마다 '모르겠다. 어떻게 하지. 빨리 이 상황에서 벗어나야지'라며 조급해한다. 하지만 부모의 욕심이 때로는 화를 부르고, 아이들에 대한 감정 조절에 실패하여 아이들과 다시 갈등하게 된다. 그럴 때마다 고민했던 것은 '부모 대학이 있으면 좋겠고, 졸업장을 취득한 사람만이 부모 자격을 부여하는 제도가 있었으면 하는 생각'을 하게 된다. 자신이 낳은 자식이라도 그 마음을 도통 모르니 부모 대학이라도 다니며 좋은 부모에 대해 배우게 하고 싶은 마음이다. 우리 아이들은 아이들대로 세상 속에서 불통을 경험하며 힘들게 적응하며 버텨내고 있다.

이렇게 살기 좋은 나라에서 왜 행복하지 못할까? 우리나라는 OECD(경제협력개발기구) 국가 중 행복지수가 33위라고 한다. 행복하지 않은 이유 중 하나는 힘든 마음을 받아주고 공감하는 데 어려움을 겪는다는 것이다. '그랬구나, 마음이 아주 힘들었겠네' 따뜻한 위로의 말로 헤아릴 수 있으면 좋을 텐데. 어쩜 우리 부모 세대도 자신의 부모님께 공감받지 못하고 자란 탓일 것이다. 실타래처럼 엉켜있는 부모와 자식 간의 감정과 갈등은 부모님의 성장 과정부터 그 교류 관계를 이해해야만 풀 수 있는 숙제인 것이다. 부모님들은 자녀들이 힘든 문제를 표현하고 소통하기를 바라지만 정작 부모 자신의 힘들었던 이야기는 빗장을 걸어둔 채 도통 열려고 하지 않는다. 이 빗장을 열어야 우리 아이들과의 관계도 이해하고 갈등도 해결할 수 있을 텐데 말이다.

부모님들께 호소하고 싶다. 자녀들의 성장 과정과 시행착오를 경험으로 받아주길 바라며 '나는 괜찮았는데'라는 마음으로 '퉁' 치지 않았으면 좋겠다. '아… 그랬구나' 알아차림을 통해 '내 마음 저 깊은 구석에 숨겨놨던 묵은 감정이 아이에게 대물림 되는구나'를 알아차리며 나의 마음과 활동들을 이해하는 것이 더 중요하지 않을까 한다.

모든 답은 내 안에 있다. '마음의 문' 빗장을 열지 않으면 아이들 또한 미스테리한 관계 속에 얽히고설키어 빗장을 열지 못한다. 그리고 아이들이 마음의 문을 열고 나올 수 있도록, 또 나왔을 때 반겨줄 수 있는, 아이가 들어올 수 있는 마음의 자리를 마련해 주었으면 한다. 아이들의 잘못도 부모님의 잘못도 아닌 잠시 길이 엇갈렸다고 중앙선을 잠시 이탈한 것이라고, 이제부터라도 가고 싶은 길을 찾아 내 비게이션을 켜면 된다고 말이다.

"포기하지 않으면 변화할 수 있다"

오랜만에 집 정리를 하다, 이십 대 추억이 가득한 손편지 보관함을 발견하게 되었다. 그때 그 시절에는 손편지로 서로의 마음과 마음을 전했다. 크리스마스 시즌이 되면 한 달 전부터 명단을 작성해 카드를 만들어 보내곤 했다. 하지만 시대가 변하면서 메일로, 문자로, 화상통화로 안부를 대신하며 손편지는 옛 추억의 소장품이 되었다.

편지 보관함에 있던 한 통의 편지가 나의 마음을 설레게 했다. 편지의 주인공을 처음 만났던 때는 30년 전으로 호스피스 병실에서 간호를 받았던 환자였다. 병실 입구 바로 옆 침상에 계셨던 분으로 외모는 민머리에 눈동자가 유난히 동그랬고 피골이 상접하여 마치 에티오피아 아이들을 연상케 하였다. 기저귀를 하고 있었고 책에서나 볼 수 있었던 욕창은 복숭아뼈, 척추뼈, 특히 돌출된 부위에는 1, 2단계로 진행되었고, 엉치뼈(천골)와 후두부에는 3, 4단계로 진

행되었다. 안전을 위해 침대에 묶여 있는 두 팔과 두 다리
는 힘들게 몸부림치고 있었다. 그 여린 몸에서 뿜어져 나오
는 에너지는 얼마나 강한지 누구도 제압하기 어려웠다. 어
떤 때는 주먹을 쥐고 침대 난간을 두드리며 노래를 불렀고
간간이 무언가에 놀라서 고함을 지르거나 겁에 질린 행동
들을 보일 때도 있었다. 당시 그녀는 양극성 기분장애를 앓
고 있던 30대 중반의 젊은 여성이었으며 설상가상으로 그
녀는 척추 결핵으로 하반신 마비 증상이 있어 걷지도 못하
고 침상에 오랫동안 누워있는 상태였다. 게다가 욕창이 심
해져 호스피스 병실로 옮겨진 상태였다. 한번은 침상 정리
를 위해 팔을 잠시 풀었는데, 얼굴을 숙여 내려 보고 있는
나에게 '왕' 펀치를 오지게 날렸었다. 순간 나의 눈앞에서
별들이 반짝거렸고 콧잔등에 통증이 심해 얼얼했던 기억이
떠올랐다. 맞는 순간 미움도 잠시 어떻게 하면 증상 완화를
위해 도움을 줄 수 있을까? 라며 고민에 빠졌던 것 같다.

　우선 보이는 병적 양상과 증상 완화를 위해 정신과 전문
의에게 의논하기 시작했다. 아마도 이 경험 덕분에 정신간
호사에 관심을 가지며 정신과에 입문할 수 있었던 것 같다.
간간이 약물 복용 후 조증 증상이 완화될 때쯤 어설프지만
상담을 진행하였다. 그녀는 친구들과 함께 나이트클럽에서
성폭행를 당했다고 했다. 그래서 무의식중에 남자들을 보
면 소리를 지르고 두려워하는 행동 증상이 관찰되었던 것
이다. 그녀는 PTSD(외상후스트레스장애)로 인해 정신에 이상 증

상들이 나타나게 되었고, 일상생활과 사회생활을 하지 못하게 되었다. 그리고 가족들도 힘겨움에 못 이겨 꽃동네인 우리 시설로 보내게 된 것이다. 처음엔 시설에 입소하면서 허리 통증을 호소 하였지만 조증 증상이 심했던 환자라 허리 통증에 대한 그녀의 호소에 의료진들은 귀를 기울이지 못했고, 시간이 지나 척추 결핵 진단과 함께 하반신 마비 증상이 동반되었다. 그리고 악순환으로 욕창까지 생겼다.

나는 우선 증상 조절을 위해 주치의에게 계속 보고하며 의논했다. 당시 멋 모르는 2년 차 신입 간호사의 요청이 계속되자 주치의는 "다 해봤는데, 이제는 바꿀 약도 없고, 허허"하시며 난감해하셨다. 그래도 끝까지 포기하지 않는 당돌한 신입 간호사의 보고를 주치의가 신중하게 고려해 새로운 처방을 내려주었다. 이전에는 약물 효과를 볼 수 없었지만, 다행히 재처방 후 약물에 대한 반응을 보이며 환자와의 대화가 훨씬 수월해졌다.

욕창 치료는 공중보건의로 온 의사들이 드레싱을 담당했고, 지성이면 감천이라 했던가 그렇게 심하던 욕창의 상처가 아물기 시작했다. 더불어 결핵 치료 약을 먹고 있던 터라 음식을 통한 영양 보충에도 집중하였다. 덕분에 그녀의 결핵균 활동성도 약해졌고 살도 차올라 처음에 보았던 에티오피아 난민의 이미지에서 벗어날 수 있었다.

다음 단계는 재활이었다. 보행에 대해 물리치료사 선생님께 자문을 구했고 X-ray 사진과 보행 기능을 관찰한 후 들었던 답은 '걸을 수도 있겠네요'라는 희망적인 답변이었다. 정말 이루 말할 수 없이 기뻤고 또다시 재활을 위한 훈련이 진행되었다. 그리고 몇 개월간 꾸준히 물리 치료를 한 결과, 휠체어에서 보행기로, 보행기에서 걷는 연습까지 나와 함께했다. 이 과정에서 정신과 전문의였던 선생님의 제안으로 나는 정신병동으로 내려왔고 가끔은 그녀를 찾아가서 응원하고 격려하였다.

시간이 제법 흐른 뒤 난 그곳을 떠나 경남 김해로 오면서 까마득하게 그곳의 많은 기억들을 잊고 지냈다. 그러던 어느 날 한 통의 편지를 받게 되었다. 편지 내용에는, 그녀는 정신질환이 조절되면서 종교 세미나와 피정을 다닌다고 하였다. 다시 꺼내 읽던 편지 속에서도 가슴이 뜨거웠던 그때가 생각났고 스스로 간호사였음에 감사한 마음이 가득했다. 늦었지만 답장을 보내고 싶었다. 목소리가 듣고 싶어 꽃동네에 전화했다. 그러나 그녀는 몇 년 전에 가족들과 연락되면서 집으로 돌아갔다는 소식을 접할 수 있었다. 가족들이 꽃동네로 보냈을 때는 모든 것을 포기하는 마음으로 보냈을 텐데, 가족의 품으로 돌아갔다는 소식에 가슴이 뭉클해졌다.

시간이 흐르고 지금 생각해보니, 그때 그녀와 함께했던 경험이 중독센터에서 중독대상자들과 중독에서 회복되어 가는 긴 시간을 함께할 수 있었던 밑거름이 되었던 것 같

다. 그리고 "포기하지 않으면 변화할 수 있다"는 삶의 철학
적 믿음을 가지게 한 듯하다.

Re-born House

"리본하우스 개소식을 선언합니다." 한 남자가 울먹이는 목소리로 간신히 개소식 선언을 했다. 참여자들은 한 남자의 울먹이는 목소리에 빠져들어 온 마음으로 귀 기울였다. 뒤이어 감사패 전달식에 내 이름이 불리면서 밀려오는 감정을 억누르고 연단으로 올라갔다. 상패를 건네는 한 남자는 눈물 섞인 눈빛과 작은 목소리로 '고맙습니다'라고 속삭이듯 이야기했다. 그만 참고 있던 눈물이 터져 버리고 말았다. 많은 이들이 지켜보는 가운데 두 사람은 눈물을 주고받으며 힘겨웠던 지난날을 토로했고, 아름다운 추억이 되어야 할 사진 속 내 모습은 일그러진 못난이 인형이 되었다.

시작은 2011년 어느 날이었던 것 같다. 오래된 도시 속 작은 여인숙에서 시작된 지역 주민들의 음주 문제는 사회 문제로 확산되었고, 지역의 여러 기관은 고민 끝에 중독관리통합지원센터에서 개입하기를 원하며 등을 떠밀었다. 당

시 나는 중독관리통합지원센터 팀장으로 일을 하고 있었
다. 많은 분의 호응과 우여곡절 끝에 만들어졌지만 유지해
나가는 과정이 쉽지는 않았다. 지역사회 사업이라는 것이
당시는 필요해서 만들어졌지만, 시간이 지날수록 약자가
아닌 다수를 위해 옹호되고 또 쉽게 잊혀진다. 때로는 그렇
게도 '필요하다, 좋다, 훌륭하다' 했던 사업들이 한순간에
담당자가 바뀌면서 애물단지 사업으로 전락해 버린다. 그
리고 집행됐던 예산도 조금씩 삭감되고, 숫자로 보이는 실
적을 운운하며 문 닫기만을 바라는 사업으로 말이다. 하지
만 실무에서 현장을 뛰는 사람이라면 누구나 뼈저리게 지
역사회사업으로 살아남기를 바라며, 더 나아가 예산 받을
때까지 버텨주기를 바란다.

  어느 날 센터장님이 "자원봉사를 하고 싶다고 합니다. 귀
인입니다. 함께 갈 수 있으면 좋겠습니다"라며 한 남자를
소개해 주셨다. 모두가 아니라고 하는 이 사업을 아는 사
람, 그곳에 함께 하고 싶다는 귀인을 만나는 첫 순간은 떨
림이었고, 설렘이었다. 당시 귀인은 사회복지학과 박사과
정을 수료했었고 마약중독으로 12년간 단약斷藥 중이었다.
말투는 억센 사투리로 투박했지만 회복하고자 하는 의지와
간절함은 누구보다도 애틋했다. 그의 경험담을 듣는 순간
그의 인생 이야기에 빠져들었고 어느새 함께하고자 하는
무언의 결연 동지가 되어 버렸다. 어쩜 나의 간절함이 우리
의 간절함이 귀인의 발걸음을 이곳으로 머무르게 하지 않

았을까. 이렇게 시작된 인연은 어렵고 어려운 과정 속에 함께 했고, 몇 번이나 문 닫을 뻔했던 상황을 이겨내면서 2020년 3월 중독관리통합지원센터 운영에서 중독재활시설 공동생활가정으로 독립하게 된 것이다.

처음에는 독립하면 모든 게 다 해결되고 예산도 나올 줄 알았다. 하지만 갈수록 첩첩산중으로 예산은 막히고 입소자는 늘어나면서 전국으로 방송을 타기 시작했다. 어렵게 또 4년을 견디며 1호점에서 2호점, 3호점이 만들어지며 정신재활시설로 오늘에서야 어렵게 개소식을 할 수 있었다. 그동안의 과정과 힘겨움이 동영상으로 펼쳐 졌다. 참여자들은 이 과정을 알기 때문에 리본하우스 시설장의 첫 멘트에 모두 목이 메었던 것이다.

여기까지 오면서 참 많은 일들이 있었다. 입소자들의 재발 상황들이 제일 힘들었고 안타까운 일로 기억에 남는다. 한번은 입소자들 간의 관계가 갈등의 원인이 되어 재발의 시발점이 되기도 했다. 이 갈등은 입소자들에게 알코올 충동을 일으켰고 리본하우스를 뛰쳐나가게 했다. 리본하우스를 뛰어나간 입소자는 아무도 모르게 '딱 한 잔'만 하던 게 술집에서 만신창이가 되어 발견되었다. 만취 된 사례대상자는 우리에게 죽고 싶다는 힘든 마음을 전했고 그 말을 들은 사례관리자는 혼비백산하여 설득하기 시작했다. 이미 사례대상자는 사례관리자의 말을 들으려고 하지 않는 상황이라 경찰에 도움을 요청했다. 사례관리자는 전화 상담을 지속했고 옆에 있었던 나는 경찰에 신고하며 위치추적을 시작했다. 어느 지점에서 죽겠다는 말을 남긴 채 전화가 끊겼고 해는 어둑어둑 저물어 갔다. 직원들과 경찰들은 신호가 끊긴 지점에서 사례대상자를 찾기 시작했다. 경찰과 우리는 여기저기 찾기를 반복하다 가까운 공원에서 사례대상자를 만날 수 있었다. 그리고 사례 대상자의 '오늘은 죽지 않겠다'는 약속에 경찰들은 철수했다(응급입원이 제도화되기 전의 일이다). 마음이 아파 재발한 대상자의 처진 어깨 위에 안쓰러움과 삶의 무게가 느껴졌다. 따뜻한 국밥 한 그릇으로 겨우 마음을 달래어 중독 관련 병원으로 입원을 도와드리며 사건은 종결되었다. 사례대상자는 현재까지 리본하우스에서 치료와 재활을 반복하며 회복 중이다.

Re-born House는 '다시 태어나는 집'이라는 뜻을 가지고 있다. 회복 과정에 있는 대상자들이 술이나 약물이 삶의 중심이 아닌 '나의 일상이 삶의 중심'이 될 수 있도록 규칙적인 일상생활을 통해 나를 변화시켜 나가는 곳이다. 뼈를 깎는 고통과 매 순간 올라오는 음주·약물 충동을 억누르고, 마음 깊은 곳에 중독의 뿌리를 틀고 있는 나를 오롯이 내려놓아야만 바뀔 수 있는 삶이다. 물론 성공만 있는 것은 아니다. 중독의 회복 과정은 넘어지고 또 넘어지는 과정에서 한 계단씩 천천히 성장해 나가는 과정이다. 어느새 리본하우스는 회복을 원하는 분들에게 없어서는 안 되는 공간이 되었고 지금은 전국적으로 모르는 사람이 없을 정도이다.

귀인을 만남으로 인해 묻힐 뻔했던 사업이 보석처럼 찬란한 빛이 되었다. 힘들게 싸우고 있는 이들에게 한줄기 삶의 동아줄이 되었다. 'Re-born House'라는 이름만 들어도 행복하고 뿌듯한 마음이 따스하게 전해진다. 지난 십여 년 동안 이분들과 함께 해온 시간을 소중히 간직하며 중독에서 회복의 과정을 지나고 있는 모든 분들의 회복을 진심으로 응원한다.

스마트폰 뺏어? 말어?

아이들이 있는 집이면 누구나 스마트폰(폰)에 과몰입되어 있는 자식들의 모습을 보면서, 폰을 뺏어? 말어? 라는 심정으로 이러지도 저러지도 못하는 고민거리가 있을 것이다. 우리 집도 예외는 아니었다.

큰아들과는 달리 작은아들은 초등학교 때부터 스마트폰 사달라, 엄마 핸드폰을 최신 모델로 바꿔라며 잔소리했다. "우리 친구들 핸드폰이 엄마 핸드폰보다 훨씬 좋아요. 엄마도 제발 핸드폰 좀 새로 구입하세요"라며 투덜거린다. 작은아들은 자기 반에서 유일하게 스마트폰이 없는 학생이었다. 작은아들은 친구들과 카톡을 못 해 어울릴 수가 없다며 하소연하였다. 이런 아이의 호소에 가족회의를 열었다. '요즘 스마트폰 없는 사람은 거의 없습니다. 친구들과 대화도 카톡으로 주고받아 카톡이 안 되는 친구들은 거의 소외됩니다. 저희 때하고는 또 다른 것 같습니다.'라며 큰아들은 스마트폰 구입에 찬성하며 동생 편을 들어주었다. 큰아들 의견에 가족 모두 공감하며 작은아들의 스마트폰 구입이 결정되었다.

대신 몇 가지 약속은 지킬 수 있도록 함께 정했다. 첫째, 밤 11시 이후로 핸드폰 사용을 금지한다. 둘째, 잘 때는 거실에 두고 충전시킨다. 셋째, 밥 먹을 때는 핸드폰을 보지 않는다. 단 약속을 어길 경우 핸드폰 사용을 금지한다는 조건으로 말이다. 스마트폰을 사준다는 말에 작은 아들은 약속에 동의하였고 폰 구입이 결정되었다.

스마트폰을 구입한 후 한참 지난 어느 날 정신을 못 차리고 있는 작은아들의 모습이 눈에 들어왔다. 방에서 혼자 키득키득 웃는다. 불러도 대답이 없다. 밥 먹자는 소리에도 아랑곳하지 않는다. 밥 먹을 때도 폰을 손에서 놓지 못했다. 보다못해, 경고했음에도 불구하고 "네"라고 건성으로 대답하며, 그 대답은 오래가지 못했다. 이런 행동들은 점점 반복되었고 약속을 정했지만 무용지물이었다. 자기 전에 엄마의 음성이 높아지면 못 이기는 척 폰을 가지고 나온다. 한번은 퇴근이 늦어 집에 오자마자 바로 잠들었고 새벽 두세 시경 잠이 깨었다. 아이 방에서 웃는 소리, 혼잣말하는 소리와 거친 언어들이 섞여 새어 나왔다. 방문을 살짝 열어보니 푸른색 불빛 속에 빠져 문을 열어도 알아채지 못한다. 앗, 이럴 수가.

'아이가 핸드폰에 빠져 죽겠어요! 이리도 해보고 저리도 해보고 어떻게 해야 할까요?'라며 상담실로 찾아와 하소연하던 엄마들의 목소리가 귓가에 맴돈다. 순간 자제력을 상실하고 여느 집 엄마와 마찬가지로 '지금 뭐 하고 있니? 빨리 거실에 갖다 놔' 고함이 터져 나왔다. 작은 아들은 깜짝 놀라 자리에서 벌떡 일어났지만, 엄마의 목소리에 몸이 경직되어 아무 말도 하지 못했다.

이번 사건으로 가족회의가 다시 열렸다. 작은아이의 스마트폰 과몰입에 관해 이야기를 나누다 보니 가족들이 생각한 것보다, 작은 아이는 핸드폰에 훨씬 더 깊이 빠져 있었다. 이번은 약속을 정해놓고 제대로 지켜보지 못한 나의 책임도 있어 경고로 마무리했다. 하지만 다음에 약속을 어길 경우에는 단계별로 하루나 일주일, 한 달을 사용 금지하는 것으로 약속을 정했다. 아들도 자기 잘못을 인정하는 부분이라 이 결정을 거부할 수 없었다.

그러던 어느 날 폰 사용 시간을 지키지 않아 하루 동안 폰을 사용하지 못 하게 하였다. 하루라 그런지 꽤 무리 없이 잘 버텼다. 두 번째 약속을 어겼을 때, 일주일 동안 사용을 못 하게 하였다. 스스로 다시는 그러지 않겠노라고 반성하며 다짐하는 듯했다. 이번에는 핸드폰 사용을 하지 못하는 일주일이 아주 힘들어 보였다. 중간에 약속을 취소해 주기를 바라는 마음이었지만 약속을 지키지 않는 게 아들을 더 망치는 일이라 생각되어 힘들게 끝까지 약속을 버텨냈다.

정말 약속을 지켜내는 일이 더 힘들어 버렸다고 하는 표현이 맞는 것 같다. 그 이후엔 아들은 정말 스마트폰 사용 약속을 정확하게 잘 지켜냈다.

몇 달 후 출장으로 아침 일찍 나가야 하는 상황이 생겼다. 등교 시간에 아들을 깨워줄 가족이 없어 알람을 맞춰놓고 베개 옆에 아들의 폰을 올려놓았다. '엄마 출장 간다. 밥 잘 챙겨 먹고, 핸드폰은 베개 옆에 두고 간다. 학교 잘 다녀와'라고 하자 잠결에 '네'라고 대답했다. 저녁에 출장을 다녀오자, 아이가 팔짱을 끼며 찰싹 달라붙어 콧소리와 함께 온몸으로 애교를 부렸다. '엄마 저 몽유병이 있나 봐~용 어제 분명히 핸드폰을 거실에 충전시키고 들어갔거든~용.' 갑자기 목소리에 힘을 주며 속상한 듯이 '그런데 아침에 일어나니 제 베개 옆에 폰이 있는 거예요. 정말 어제 분명 놔두고 잤는데, 귀신이 곡할 노릇이에요.'라며 자기 잘못을 고백하며 이상하다는 듯이 억울함을 하소연하였다. 순간 난 웃음이 터져 나왔고 솔직하게 표현해 준 아이의 마음이 너무 예쁘고 사랑스러워 엉덩이를 두드리며 안아주었다. 나는 상냥한 목소리로 아침 상황을 설명했다. 아들은 '네'라고 대답했던 것이 정말 기억나지 않는다며 황당해했고, 안도의 한숨을 깊게 쉬며 함박웃음을 지으며 애교 춤을 추었다. 나는 솔직하고 용기 있게 고백해 준 아들에게 사랑스러움과 고마움을 느끼며 '아들 고마워'라고 말했다.

그날 이후부터 '아들! 오늘은 좀 너무하네'라고 스마트폰 사용에 대해 짧게 이야기해도 '네 알겠습니다' 하고는 바로 자제하는 모습을 보였다. 시대가 시대인지라 스마트폰을 사용하지 않을 수는 없다. 하지만 폰을 얼마나 잘 사용하느냐는 폰의 문제가 아니라 가족들과 함께 나눌 수 있는 이야기와 소통의 문제인 것 같다. 어떤 상황이 만들어져도 가족이 함께 소통하는 방법과 시간을 만들어가는 과정이 필요하지 않을까 생각한다.

에네마Enema I

'얻어 먹을 수 있는 힘만 있어도 주님의 은총입니다'라는 말에 이끌려 꽃동네에서 운영하던 인곡 자애병원에서 근무할 때 이야기이다.

그곳에는 대부분 보호자가 없는 환자들이 많았고, 그 중 하반신 마비로 인해 오랫동안 치료와 간호를 받는 환자분, 한 분이 계셨다. 어느 날 환자분이 대변을 보지 못해 불편감을 호소하여, 엑스레이X-ray 촬영 결과 배안에 몽글몽글한 대변이 가득 차 있었다. 여러 방법을 사용했지만, 효과는 없었고 환자의 불편감은 계속되어 내과 주치의는 핑거에네마finger enema 처방을 내었다. 점심시간이라 선임들은 먼저 식사를 하러 갔고, 간호사실에 책임 간호사와 동료, 나 이렇게 셋이 있었다. 그때 나는 '제가 하고 올게요'하고는 준비물을 챙겨 병실로 향했다. 다른 환자들에게 노출되지 않도록 스크린으로 가리고 시트로 하반신을 덮은 후 관장을 시행하였다. 복통으로 힘들어하는 환자분에게 절차를 설명하고 오른쪽 무릎을 굽혀 가슴 쪽으로 당기면서 항문이 잘 보이도록 노출시켰다. 괄약근 이완을 위하여 '아 하세요' 하며 윤활제를 바른 검지와 중지를 부드럽게 삽입 후 천천히 항문을 지나 직장을 따라 들어갔다.

딱딱한 덩어리가 손가락 끝에서 잡힐 듯 말 듯 잡히지 않고 애간장을 태웠다. 나는 조심스럽게 손끝에 모든 신경을 집중시켜 덩어리진 똥을 끄집어내려 했지만, 미끄러져 돌리기만 한다. 다시 '아 하세요' 하는 순간 돌멩이처럼 딱딱한 변이 으스러지면서 딸려 나온다. 도랑에 물꼬가 터지듯 진흙처럼 질퍽한 변들이 기다렸다는 듯이 밀려 내려와 대변기 한가득 속 시원하게 제거할 수 있었다. 시간상으로는 짧았지만, 꽤 오래 걸린 듯한 느낌이 들었다. 더부룩했던 불편감이 해소되어 편안해하시는 환자의 미소를 보며 뿌듯한 마음으로 동료와 함께 식당을 향했다.

그런데 식판에 밥을 받아 놓고 한참을 멍하게 앉아 있었다. 옆 동료 간호사가 "식사 안 하고 뭐 하세요?"라고 말을 했다. 비위가 나름 좋다고 생각했는데. 순간! 너무 힘이 들었다. 비닐장갑을 두 겹으로 끼고 했음에도 불구하고 손끝에서 스멀스멀 올라오는 듯한 환후幻嗅와 식판의 밥이, 핑거 에네마 후의 결과물처럼 보여 밥을 몇 숟갈 뜨지도 못하고 자리에서 일어날 수밖에 없었다. 그리고는 한 참 시간이 지난 후에야 제대로 된 식사를 할 수 있었다.

우리가 어릴 때 부모님들은 '잘 먹고, 잘 싸고, 잘 자라'는 덕담을 했었다. 장의 소통은 아이들뿐만 아니라 노인, 특히 누워있는 환자들에게는 매우 중요한 건강 신호다. 요즘 거동이 불편한 노인을 보면 임상 2년 차때 경험한 첫 핑거에 네마에 대한 에피소드가 떠 올라 웃음을 짓게 된다.

에네마Enema Ⅱ

임상간호사로 일 한지 10년 차 정도 되었을 때인 것 같다. 이 날은 정신병동에서 저녁 근무evening를 하고 있었다. 그런데 복도를 지나던 지적장애 환자분이 갑자기 쓰러졌다. 나는 먼저 의식을 확인하고 바이탈사인Vital sign을 체크했다. 그런데 의식이 없는 반면 바이탈사인은 크게 흔들리지 않은 수준이었다.

'어, 뭐지? 왜 이럴까?' 고민하며 담당 의사에게 보고하였다. 응급실이 있는 병원으로 전원 시키는 것이 좋겠다는 담당 의사의 소견으로 비상벨을 눌러 직원들의 도움을 요청했다. 이송 준비를 위해 모두가 분주해졌다.

그런데 이송 준비를 하던 중 순간 뇌리를 스치는 것이 있었다. 이 환자분은 주기적으로 관장을 시행하는 대상자였다. 키 170cm 정도에 몸무게가 100kg 훨씬 넘고 배는 늘 만삭처럼 불룩 나와 있었다. 그러고 보니 최근에 불편감을 호소하지 않았고, 관장Enema에 관한 인수인계를 듣지 못했던 것 같아 차트를 다시 점검하였다. 주기적으로 시행하던 에네마가 빠진 것을 알 수 있었다. 급하게 담당 의사에게 에네마를 시행한 후에 옮기는 것이 어떻겠느냐고 의견을 이야기하고, 글리세린 에네마 처방을 받았다. 의식이 없고 체구가 큰 환자여서 두세 명의 보호사 도움을 받아 겨우 관장 체위를 유지할 수 있었다. 관장용액을 항문에 주입하자마자 보호사는 글러브를 끼고 휴지를 덧대어, 용액이 흘러 나오지 않도록 항문을 막았다. 환자의 무의식적인 몸부림에도 불구하고 10분 동안 겨우 항문을 틀어막고 있다가 '피시식'하는 소리를 시작으로, 가스 배출되는 소리가 피리 소리처럼 요란했다. 그리고 결과물은 대변기 한가득 엄청난 양이 배출되었다. 그리고 잠시 후 환자의 의식이 돌아왔다. "괜찮아요?"라는 질문에 '씩'하고 웃었다. 변비 때문에 암모니아 가스 배출이 안되어 실신으로 이어진 것이다. 모든 의료진이 '휴우'하고 한시름 놓았다.

응급상황은 해지되었고 환자의 의식이 돌아오며 바이탈 사인 또한 문제가 없음을 다시 확인하였다. 지속적인 관찰을 위해 밤 근무 간호사에게 잘 지켜봐달라고 인수인계를 한 후 퇴근하였다. 다음날 근무시간에 어제 한바탕 소동을 벌인 에피소드에 대해 동료들에게 열변을 토했다. 그리고 자기표현을 잘하지 못하는 지적장애 환자의 불편감을 미리 관찰하고 챙기지 못했던 것에 대해 우리 모두 반성하며 더 세심한 관찰이 필요했다는 것에 공감하였다.

생일 '밥상'

해마다 음력 4월 3일이 되면 혼자 조용히 떠나고 싶다는 생각이 든다. 이날은 내가 태어난 날이다. 혼자만의 시간이나 여행을 즐기는 척하지만, 저 깊은 마음속에는 회피하고자 하는 마음이 더 진심일 수도 있을 것 같다. 그렇다고 슬프거나 외로움을 느끼지는 않는다.

성장하면서 이맘때가 되면 늘 짧은 순간이지만, 기대하는 마음과 회피하고 싶은 마음의 양가감정이 생긴다. 엄마는 늘 미안해하면서도 이런 말씀을 하셨다. '자식이 부모보다 생일이 빠르면 생일밥을 차려주면 안 된다고 하네! 그렇게 해야 아무 탈 없이 좋다고 한다'라고 하시며 내가 정말 좋아하는 미역국과 팥을 넣은 찰밥을 차려 준 적이 없다. 덧붙여 결혼하면 남편에게 생일 밥상을 챙겨 받으라고 한다.

엄마 생신은 음력 4월 10일로 일주일 차이이다. 아마 누군가가 흘러가듯이 한 말이 엄마는 딸에게 좋지 않은 일들이 생길까봐 그렇게 믿고 계신 듯하다. 나는 어릴 때부터 듣다 보니 거의 세뇌가 되었고 당연히 나의 생일은 찾지 않았다.

성장하면서 친구들이 생기고 직장 동료들이 생기면서 생일이 불편해졌다. 다른 사람들처럼 챙김을 받고 축하받는 자리가 어색했다. 남을 챙겨주는 것은 자연스럽지만 챙김을 받는 것이 왜 그리 불편한지?

어느덧 오십 대 중반을 바라보고 있는 23년 음력 4월 3일 생일이 또 다가왔다. 언니가 저녁 먹자고 엄마 집으로 오라고 한다. 설마! 엄마가 제주도 여행 갔다가 오늘 도착하셨는데, 피곤하실 텐데 생일밥을 차려주실까? 그냥 같이 외식하자는 말이겠지. 혼자 많은 생각을 하면서 엄마집으로 향했다.

그래도 혹시나 하는 마음으로 살짝 기대했나 보다. 엄마 집 현관문을 열었을 때 아무 냄새도 나지 않았고, 엄마는 피곤한 모습으로 소파와 한 몸이 되어 누워계셨다. '그럼 그렇지, 혼자 김칫국 마셨네' 기대를 날려 보냈다. 그런데 서운한 이 마음은 무엇일까? 소파에 살짝 앉자마자 엄마가 놀라면서 일어나신다. "오늘 네 생일인 것 깜박했네" 하신다. 언니를 기다리며 엄마의 여행담을 들었다.

언니가 도착했다며 주차장으로 나오라고 한다. 내려가서

언니를 보는 순간 '우와, 감동이다!' 음식을 준비해 왔다. 보따리가 아닌 여러 개의 가방과 냄비를 가지고 왔다. 완전, 잔칫상이다. 설마 했는데 언니가 식당 일을 하면서 바쁜 시간을 쪼개어 나의 생일을 위해 음식을 준비했다고 한다. 순간 울컥했지만 보이지 않으려고 눈물을 꿀꺽 삼켰다.

갑자기 서로가 약속이라도 한 듯이 바빠진다. 미역국을 다시 데우기 위해 올려놓고, 내가 좋아하는 해물 부침개를 굽고, 엄마는 전복을 장만하신다. 난 나물과 반찬을 담으며 케이크까지 준비한 언니의 정성에 또 한번 울컥하며 상을 차렸다. 상을 차리면서 엄마에게 질문을 던져 본다. '엄마 제 기억에는 엄마한테 생일 '밥상'을 한 번도 받아 본 적이 없는 것 같네요. 혹시 저에게 생일밥을 차려준 적 있었나요?'라고 물으니', '없는 것 같네'라고 바로 답이 나오신다. 그러자 언니가 한 마디 덧붙인다' '나도 없는데' '정말' '막내 생일 때는 항상 밥상이 차려진 기억이 나는데' 엄마가 하시는 말씀이 막내는 어렸을 때 생일밥을 안 차려주면 친딸이 맞냐고 울면서 따졌다고 했다. 그 다음 부터는 막내 생일밥은 항상 잊지 않고 차려주었고 오빠, 언니, 나는 항상 바빠서 못 차려줬다고 하신다. 식당을 하셨던 엄마는 항상 바쁘고 힘들어하는 모습이었고, 아버지는 옆에서 거들 뿐 크게 힘이 되지는 못하셨다. 엄마에게는 아픈 기억이고 어쩔 수 없었던 가난했던 시절의 이야기이다.

언니도 옆에서 옛이야기를 하지만 아무런 미련도 서운한

감정도 없는 듯하다. 난 어릴 때부터 들었던 엄마의 이야기 때문에 늘 마음 한구석에 양가감정들이 일어나곤 했었다. 이제는 이런 이야기를 슬프지 않게 엄마와 언니와 이야기 나눌 수 있다는 것에 참 감사했다.

하지만 어릴 적 부족함을 채우고자 하는 것인지 결혼 후 아이들이 태어나면서 난 생일 '밥상'에 목숨을 건 듯이 아이들 생일밥을 챙겨왔다. 직장 생활로 아무리 바빠도 미역국과 팥이 들어간 찹쌀밥, 조기 큰 것 한 마리, 삼색나물, 소불고기, 케이크를 준비하며 어릴 적 서운함을 달래기 위해 아이들과 남편에게 생일밥상을 차려내었다.

지금 생각하니 어릴 적 서운함을 대신하기 위한 나의 의식이었다. 그리고 어릴 적 어쩔 수 없었던 우리 집 이야기였다. 그래도 마음이 건강한 탓에 엄마를 원망하지 않았고 내가 받지 못한 것을 나의 자녀들에게 잘 챙겨줬다는 생각이 든다.

지금은 아이들이 타지역에서 각자 생활하고 있다. 그러다 보니 시간상, 거리상으로 생일 '밥상'을 차려주지 못할 때면, 너무 안타깝고 미안하다.

며칠 전 직장 동료가 이런 말을 했다. "요즘 자기 생일에 부모님께 생일상을 차려 드리는 게 유행이라고 하네요"라고 말이다. 앞으로 다가오는 내 생일에는 정성스러운 상차

림으로, 감사한 마음을 담아 엄마께도 생일 밥상을 차려드
려야겠다.

뜻밖의 데이트

월요일 아침 작은 아들, 귀요미의 등교 시간은 바빠진다. 일어나라는 말이 크레센도처럼 점점 커진다.

고성행 버스를 타기 위해 장유 버스 정류장까지 아들을 태워주고 잘 가라는 인사를 하고 헤어졌다. 사무실 도착 5분 전, 핸드폰 벨이 울렸다. "엄마 코로나 때문에 고성 가는 버스가 당분간 중단됐데요. 어떡하죠." 갑작스러운 버스 시간 변경으로 귀요미도 당혹스러워 전화했다. 코로나 19 확산으로 인해 지난주 금요일부터 갑자기 버스 운행 시간이 줄어들며 변경되었다고 한다.

잠시 생각을 정리할 시간이 필요했다. 현재 상황이 당황스러웠지만 귀요미와의 '뜻밖의 데이트'를 선물처럼 받아들이기로 했다. 급하게 사무실에 사정 이야기를 하고 외출 신청 후 핸들을 돌려 다시, 장유 버스 정류장으로 향했다. 정류장에 도착하자 엄마를 바라보는 귀요미의 눈빛이 달라졌다. 마치 구세주를 만난 것처럼 목소리가 상냥해진다. 귀요미는 엄마를 배려하는 마음에 마산 터미널까지만 태워달라며 환승해서 가겠다고 한다. 하지만 엄마 마음은 그게 아니었다. 어제 서울에서 드럼 개인레슨을 받고 밤늦게 내려와 피곤함이 풀리지 않았고, 또 몇 번이나 갈아타야 하는 환승의 번거로움으로 피곤할 것이라는 생각에 서로 옥신각신하다, 결국 고성으로 향했다. 엄마의 마음이 이겼다. '어머니 감사합니다'라며 애교 섞인 목소리와 공손한 태도로 손을 잡고 고마운 마음을 표현한다.

창원터널 옆길을 지나 마창대교를 시원하게 달리며 고성으로 향하는 국도를 달렸다. 어제 많이 내린 비 탓에 나무와 도로 주변의 전경이 푸르름으로 가득했고, 달리는 차바퀴 사이로 물안개가 뿜어져 마치 한 폭의 그림 같았다. 보슬보슬 비가 내리고 이번에는 음악 선정을 위해 또 옥신각신 서로의 취향을 주장하며 말이 오간다. 이번에는 엄마가 졌다. 가을의 기운이 물씬 느껴지는 오늘 같은 날엔 이문세 노래가 최고라며 취향이 올드한 아들의 손을 들어줬다. '사랑이 지나가면'이 첫 노래로 시작된다. 둘 다 조금씩 흥이 오르기 시작하고 목소리가 높아진다. 얼떨결에 내린 결정이지만 즉흥적인 데이트는 드라이브를 즐겁게 만들었다. 잠시 휴게소에 들러 샌드위치와 커피 한 잔, 복숭아 티를 곁들이는 멋스러움도 함께 했다.

그렇게 신나게 달려 어느 순간 학교에 도착했고 아들은 두세 시간의 여유를 부리며 수업에 들어갈 수 있게 되었다. "우와 엄마 최고"라며 엄지척을 쌍으로 날려준다. 최근 부쩍 고민이 많아 보여 안쓰럽게 느껴졌는데 힘들다고 내색 한 번 하지 않는 아들이 대견스러웠다. 각자 멋진 일주일 삶을 살기로 약속하고 파이팅을 외치며 기숙사로 들어가는 아들의 뒷모습을 한참 동안 바라보았다.

돌아오는 길에도 흥을 유지하고 싶어 좋아하는 음악을 선택하고 함께 불렀던 노래를 선택했지만, 덜 신나고 덜 재미있다. 혼자서 되돌아오는 길은 역시 쓸쓸하고 더 멀게 느껴졌다. 혼자보다는 둘, 둘보다는 셋, 셋보다는 네 명의 가족이 함께했던 시간이 즐거웠던 것 같다. 현재 우리 가족은 4인 4가구로 다른 지역에서 독립된 삶을 살고 있다. 부쩍 혼자 지내는 시간이 많아진 요즘 20대로 되돌아간 것처럼 즐겁게 생활하고 있지만, 그래도 제일 행복했던 시간은 아이들이 올망졸망 어렸을 때 함께 했던 시간이었던 것 같다. 즐거움도 잠시 사무실로 복귀하자 일은 밀리는 상황이 되었지만, 추억과 낭만을 즐겼던 '뜻밖의 데이트'는 가을 추억으로 남았다.

멸치 쌈밥

어릴 적 나에게 그려진 엄마는 세상의 모든 것을 해결하는 전지전능하신 분이었다. 세상에서 가장 존경하는 사람이 누구냐는 질문에 일 초의 망설임도 없이 '엄마'라고 자신 있게 이야기하곤 했다. 엄마는 팔순하고도 한 살이다. 요즘 들어 세월의 더미 속에 희미해진 기억과 약해진 기력으로 걱정스러움이 더해진다.

최근 다이어트를 핑계 삼아 하루에 한 끼로 식이조절을 하다 보니, 이전에 엄마가 해주신 음식들과 여러 가지 식재료들이 눈앞에 아른거렸다. 참다못해 엄마에게 전화 걸어 "엄마 요즘 생멸치 철인가요? 갑자기 생멸치 쌈밥이 먹고 싶네요", "좀 더 있어야 한다. 아직은 좀 이른 것 같네"라고 통화한 후 내 핸드폰에 문제가 생겨 먹통이 되어 버렸다. 그 이후 엄마는 언니에게 전화를 걸어 "애가 무슨 일이 생겼나? 갑자기 뜬금없이 생멸치 이야기를 하더니 전화가 안 된다. 김서방이랑 싸웠나? 분명 무슨 일이 있는가 보네. 내가 김해 가봐야겠다" 하시고는 부리나케 김해에 오셨다.

엄마는 아직도 오십이 다 된 딸이 걱정되고 안쓰러우신지 불편한 다리를 이끌고 한달음에 진주에서 버스를 타고 오셨다. 그러곤 나를 보면서 하신 첫 말씀이 "생멸치 쌈밥 사주러 왔다" 하신다. 순간 딸의 얼굴을 보며 안도와 함께 걱정과 애달팠던 마음은 슬쩍 감추는 듯했다. 엄마의 갑작스러운 방문에 잠시 당황했지만 엄마의 걱정스러운 마음과 생멸치 먹고 싶다는 딸의 이야기에 한달음에 달려오신 것이 놀랍기만 했다. 어쩜 내가 아는 엄마는 그럴 수도 있겠다는 생각이 들었다. 나는 그때 엄마를 향해 "오십이 넘은 딸이 걱정되어 소설을 쓰시면서 오셨네요"라며 웃어넘겼다.

엄마는 진주에서 혼자 생활하신다. 1남 3녀를 잘 키워 내셨고 우리 아이들까지 키워주시고는 혼자 옛집에서 사시겠다고 고향으로 내려가셨다. 최근에 왕래를 자주 하지 못해 딸과 손자들이 보고 싶었던 마음이 크게 작용한 것 같다. 이유야 어쨌든 쌈밥을 사주시겠다고 오신 엄마와 나를 걱정해준 엄마가 계신다는 생각에 뭉클한 마음에 찐한 감동이 더해졌다. 덕분에 엄마랑 언니랑 셋이 깔깔거리며 멸치 쌈밥과 이야기를 반찬 삼아 맛나게 밥을 먹었다. 그리고 나는 소소하지만 잊지 못할 장면을 추억의 앨범 속에 새겨 넣었다.

이제 엄마와 함께 할 수 있는 시간이 그렇게 많지 않음을 알고 있다. 길어야 20년, 짧게는 10년, 5년 남짓이다. 남은 시간 동안 엄마와 함께 추억 쌓기를 다짐해 본다. 나의 기억 속에 천하무적인 엄마는 존재만으로도 언제나 늘 그 자리에서 기다려주며 든든함으로 머물러 있는 것 같다.

너를 처음 만났던 날은 작은 아이가 세 살 되던 해 어느 봄날이었어. 그동안 함께 동고동락했던 세월을 추억으로 남기며 이제는 너를 떠나보내야 하는 시간이 다가왔음을 느낄 때 슬픔이 밀려왔어. 나의 발이 되어 17년을 함께한 내 분신. 애마가 조금씩 아프기 시작했어. 엔진 소리가 유달리 시끄러웠고 미세한 출혈로 더 자주 엔진오일을 갈아주어야 했어. 전방 라이트는 윙크하듯이 왼쪽 불빛이 희미해지며 카센터 갈 때마다 새로운 곳에 문제가 생겨 기사님은 조심스럽게 폐차를 권유했고, 더 이상 수리를 요구하지 않았어. 시한부 환자처럼 말이야. 그렇게 '올해만 올해만' 하고 버텨온 시간이 이삼년이었어.

어느 날 새벽에 전화벨이 연달아 울렸어. 처음에는 알람인가 하고 넘겼는데 잠결에 받아 보니 '새벽에 죄송합니다. 1763 차주이신가요? 제가 아침 일찍 출근길에 차를 못 보고 앞 범퍼를 긁었는데 죄송합니다'라는 전화였어. 순간 '앗, 아침부터'라는 생각으로 짜증이 났어. 폐차장으로 갈 날도 얼마 안 남았는데 '수리해야 되나, 말아야 되나?'라는 고민으로 혼란스러웠어. 하지만, 순간 '보험 처리하겠습니다'라고 말해버렸어. 며칠 후 가족들과 명절을 보내고 큰아이, 작은아이를 터미널에 태워주고 돌아오는 길에 갑자기 집 앞 골목에서 네가 멈춰버렸지. 웬만하면 시동을 요령 있게 걸면 심폐소생술로 사람을 살려 내듯이 다시 엔진이 살아나곤 했었는데 더 이상 나의 소생술로는 돌아오지 않았어. 마음의 준비는 늘 했지만 갑작스러운 멈춤에 당황했고 어쩔 줄 몰라 헤맸지, 한참을 버벅거리다 카센터에 도움을 요청했어. '정비소에 가봐야 정확하게 알 수 있을 것 같습니다'라는 말을 남긴 후 너를 데리고 가버렸지. 필요한 물품들만 챙기고 혼자 뚜벅뚜벅 무거운 발걸음을 떼어가며 집으로 향하는 길에 너와 함께했던 추억을 떠올려 봤어.

형부가 물려준 티코를 타다 새 차인 너 '베르나'가 우리 집으로 오는 날! 얼마나 설레었는지 아마 너는 모를 거야. 아직도 첫 만남이 눈에 선하다. 티코는 부르릉거리던 엔진소리였다면 너는 조용하고 겸손하게 시동을 걸어주었고 버튼 하나로 문을 여닫을 수 있었지. 기어도 자동으로 매우 세련되고 수월했었지. 이 모든 것들이 황홀했고, 세상 부러운 것 없는 감사한 마음으로 너와 함께하는 동고동락이 시작되었어. 당시 나는 아들 둘을 키우는 워킹맘이었고, 주말이면 산과 바다, 계곡으로 힐링이 필요했던 우리 식구들은 항상 너와 함께했어. 참 겁 없이 돌아다닌 것 같아. 하지만 그건 네가 있었기 때문인 것 같아. 덩치 큰 초등학생과 천방지축 세 살인 작은 아들을 데리고 다닌다는 것이 쉽지 않았는데, 네가 있어서 가능했던 것 같아.

트렁크에는 캠핑 장비, 운동 도구들로 가득했고 춥거나 비가 올 때는 피신처가 되어주었지. 물만 보면 뛰어드는 아이들에게 갈아입을 옷을 비롯하여 필요한 모든 것을 거뜬히 내어주는 도라에몽의 마술 주머니가 되어주었어. 너는 어떤 불평도 하지 않았고, 나의 발이 되어 원하면 어디든 데려다주는 멋진 친구였고 가족이었어.

이젠 널 멀리 보내야 하는 시간이 다가온 것 같아. 엔진을 끄면 남은 너의 몸체마저 다른 곳으로 나눔을 하겠지. 내 욕심으로 끈질기게 붙잡고 있었지만 너는 얼마나 지치고 힘들었겠니. 너와 함께했던 시간은 우리 가족들과 보낸 소중하고 행복한 시간이었어. 마지막으로 불러본다. '참 고생 많았어! 우리 가족의 추억이 되어주어 고마웠어! 사랑스러운 나의 애마 1763', "안녕"

나만의 오마카세

'오마카세'는 맡기다는 뜻을 지닌 일본어이다. 나의 공간으로 방문한 손님에게 나만의 오마카세를 준비한다. 첫 번째 메뉴는 빈대떡과 김치전으로 막걸리 한 잔을 곁들인다. 때때로 반제품을 살짝 사용하기도 한다. 에어프라이어를 활용하여 녹두전을 빠싹하게 튀겨내어 따뜻하고 맛깔스럽게 맛 보인다. 하지만 엄마의 빈대떡 맛을 따라갈 순 없었다. 엄마는 특별한 날에 녹두를 직접 불리고 갈아 여러 가지 재료들을 넣어 녹두전을 만들어 주셨다. 이젠 모든 음식에 추억과 향수들이 곁들여진다. 어쩜, 맛보다는 그런 향수가 더 그리운 것은 아닐까.

두 번째 메뉴는 통삼겹살구이와 새송이버섯구이다. 집에서 한 번 먹을 정도로 등분을 나눈다. 에어프라이어에 통삼겹 1인분과 새송이버섯 2개를 넣어 180도에서 15분 정도 돌려준다. 통삼겹은 기름이 싹 빠진다. 새송이버섯은 쪼글 쪼글 해졌지만 쫄깃한 식감은 고기를 먹는 듯한 느낌이 든다. 통삼겹구이는 익은 김장김치와 새송이 구이는 참기름에 듬뿍 찍어 입안 가득 향기와 맛을 음미한다. 때로는 무쌈에 싸서 먹기도 한다. 기가 막힌다! 나의 손님이 엄지척한다. 사실 요리이지만 내가 한 것은 잘 익혀내고 음식의 조합을 잘 맞추고 차려낸 것뿐인데 맛은 일품이다.

세 번째 메뉴는 추억의 번데기이다. 초등학교 때는 길거리 포장마차에서 몇백 원에 사 먹던 번데기가 성인이 되어서는 술안주의 주메뉴도 아닌 밑반찬으로 나온다. 번데기도 추억의 일환으로 이 맛을 아는 사람들은 아마 벌써 입가에 미소가 가득할 수도 있다. 사실 맛도 있다. 마트마다 가격대가 차이 난다. 거의 900원에서 2,000원 사이인데 나는 가끔 싸다고 한 번에 여러 개를 충동구매 하곤 한다. 그러고는 단백질 보충이라며 즐겨 먹는다. 조심해야 하는 것은 그대로 먹으면 염분 과다 섭취로 건강에 노란불이 켜질 수 있다는 것이다.

우선 통조림을 따서 번데기를 물로 씻어낸다. 여러 번 헹군 후 뚝배기에 물을 반쯤 넣고 끓인다. 땡초를 두 개 정도 다져서 넣고 마늘도 반 숟가락 정도 넣는다. 집간장을 약간 넣으면 맛이 한결 더 신비로워진다. 취향에 따라 고춧가루를 조금 넣고 뽀글뽀글 끓어오르면 받침대를 받쳐서 내온다. 매콤하고 담백한 번데기 맛은 입안에서 '톡'하고 터지는 순간 맛의 비밀을 느낄 수 있다. 나와 손님은 동시에 감탄사를 연발한다. 나는 맛을 살려 낸 것에 우쭐해한다.

네 번째 메뉴는 오늘의 주요리 꼼장어볶음이다. 나의 고향은 진주다. 지금은 그런 냄새를 맡을 수 없지만 옛날에는 남강 다리를 지날 때면 언제나 다리 밑에서 솔솔 풍겨오는 꼼장어 굽는 냄새가 침샘을 자극했다. 진주가 고향인 사람들은 모두가 공감할 정도로 꼼장어가 유명했던 거리이다. 이런 추억을 회상하며 자갈치 시장에서 꼼장어를 먹어봤지만 진주꼼장어 거리보다는 야채가 더 많았던 것 같다.
최근에 대형마트에 저녁 아홉 시쯤 가면, 꼼장어볶음 반제품이 만이천 원에서 구천 원으로 할인 판매된다. 쇼핑의 노하우는 한 바퀴 더 돌고 오면 칠천구백 원까지 가격이 다운된다는 것이다. 달구어진 프라이팬에 꼼장어를 빠싹하게 굽고 함께 들어있던 야채와 나만의 야채를 더 곁들여 볶아 내고, 마지막에 양념장을 넣고 약간의 땡초를 추가하여 국물이 졸여지게 볶은 후, 캠핑용 프라이팬에 데코해서 차려 낸다. 여느 식당 못지않게 맛나는 요리로 탄생시킬 수 있다. 이번에도 역시 엄지척을 받는다.

마무리로 김치 떡국이 나온다. 최근 간단하게 끓여 먹어 보니 개운하고 얼큰하여 오늘 마지막 메뉴로 선택했다. 요즘 잘 나오는 코인 육수를 하나 떨어뜨려 육수와 김치를 넣고 팔팔 끓인다. 김치가 푹 익었을 때 떡국과 콩나물을 넣고 떡국이 동동 떠오를 때까지 끓인다. 마지막으로 집간장으로 간을 맞춘 후 계란과 파를 숭숭 썰어 넣는다. 김치와 콩나물의 만남이 국물을 시원하고 칼칼하게 만들어준다. Good! 하며 앞에 먹었던 음식을 시원하게 내려보내며 속이 편안해지고 만족감이 더한다. 디저트는 천혜향과 강정으로 마무리하고 나는 오마카세 첫 손님을 배웅했다.

늘 직장을 다녔던 나는 음식을 잘하지 못한다. 하지만 음식을 잘하고 싶은 열정은 남아있었던 것 같다. 어느 순간 머릿속에서 자연스럽게 음식을 하고있는 나의 모습을 발견한다. 나를 변화 시킨 일등 공신, 최고의 손님은 나의 아들이다. 기숙사 생활을 하다 집에 오는 날이면 뭘 해줄까? 하는 고민에서 생겨난 음식 조리법들이다. 엄지척을 잘해주는 아들에게 별 몇 개? 라고 물으면 다섯 개라며 맛나게 먹는 아들이 나에게 준 반응 덕분이 아닌가 한다.

자! 다음 손님을 초대합니다. 나의 작은 마음의 요릿집 늘품정신건강상담센터로 오세요. 따뜻한 차 한 잔과 인생을 함께 나누고 싶은 분이라면 누구든 환영합니다.
단, 예약은 필수입니다.

최
인
순
崔仁順

경남 밀양에서 태어나 성장하였으며 좋은삼선병원, 갑을장유병원 외 16년간 간호사로 근무하였으며, 경상국립대학교에서 간호학 박사 학위을 받았다. 가야대학교, 경상국립대학교, 경남대학교에서 강의하였으며, 현) 마산대학교 간호학과 교수로 재직 중이다.

| 논문 및 저서 |
「기본간호실습 학습만족도에 영향을 미치는 요인」(2015), 「일반 간호사의 간호대학생 임상실습지도 경험」(2019), 「간호대학생의 임상 실습을 지도하는 일반 간호사 교육자역량증진프로그램 개발 및 효과」(2024) 외.

아스팔트 들국화

어릴 적 들녘 샛노란 들국화
키 큰 쑥에 가려진 여름
황금 들녘이 펼쳐질 때 짙은 향기로 돌아와

가느다란 줄기, 마른 채로 누운 모습
손가락 한 마디 작은 꽃송이
열 장 스무 장 꽃잎이 모여
올망졸망 모인 그 얼굴

도로변 아스팔트 틈,
보도블록 사이 한 줌 흙에 뿌리 내리고
꽃 한 송이 피우는 강인한 그 의지
아무도 보지 않는 곳에 피어난 꽃

삶에 순응하며
비바람을 견뎌낸 이의

내뿜는 진한 향기
그 강인한 뿌리

기적

살아가면서 누구나 한 번쯤 기적을 경험한다. 나에게 '기적' 같은 일은 이십여 년 전 신생아실에서 근무할 때의 일이다. 그날은 비교적 평온한 휴일 근무였고 라디오에서는 나지막한 음악이 흘러나왔다. 신생아실 특유의 고요함 속에서 아가들은 목욕 후 뽀송뽀송한 새 옷을 입고 우유를 먹은 뒤 잠든 상태였다.

따르릉 전화벨이 울리며 평온함은 깨졌다. 응급실에서 연락이 온 것이다.

"방금 DOADead on arrival 신생아가 도착했는데, 응급실에서 심전도를 통해 응급 당직 의사가 사망선고를 마친 상태입니다. 비닐봉지에 담긴 채로 비닐하우스 밭고랑에서 발견되었고, 영하권 날씨에 얼어서 동사 된 것으로 보입니다. 경찰이 유기한 산모를 찾고 있는 중이라 지금은 바로 영안실에 내려갈 수가 없습니다. 경찰이 올 때까지만 아기를 잠시 맡아줄 수 있을까요?”

“네, 알겠습니다. 바로 준비하겠습니다.”

아기를 위해 인큐베이터에 새 시트를 준비하자마자 응급실 간호사가 아기를 담요에 싸안고 들어왔다. 담요에 싸인 아기는 얼음처럼 차가웠다. 신생아라기보다는 비현실적인 조형물처럼 보였다. 도저히 보고도 믿을 수 없었다. 임상에서 7~8년 근무하는 동안 실제로 본 적이 없는 충격적인 모습에 멍해졌다.

충격이 온몸을 감싼 채 아기를 눕히려는데 귓가에 희미한 소리가 들렸다. 라디오 음악 소리와 뒤섞여서 들릴 듯 말 듯 한 흐느낌이었다. 순간 응급실 간호사와 나는 서로 눈을 마주치며 믿기 힘든 말을 주고받았다.

“이 소리? 아기 우는 소리 아니에요?”라는 말을 건네자,

“선생님, 저도요. 약하게 들은 것 같아요.”라고 한다. 온몸에 소름이 끼치는 순간이었다. 입이 꽁꽁 언 상태에서 어디서 나오는 소리였을까? 둘은 몇 분을 더 귀를 기울여서야 들릴 듯 말 듯 한 희미한 아가의 목소리를 분명히 들을 수 있었다.

서둘러 인큐베이터에 전원을 켠 후 멸균 증류수를 넣고 따뜻하게 온도를 올린 후 아이를 눕히고 따스한 이불로 감쌌다. 가장 먼저 소아 · 청소년과 과장님께 전화를 걸었다.

“최대한 빨리 아기를 핫팩으로 워밍Warming하면서 체온을

높여 주세요."라는 처방이 났다. 혼자 근무라 병동 몇 군데에 서둘러 도움을 요청했고 주말이라 여유 있는 병동 멤버들이 빨리 와주었다. 인큐베이터 온도를 더 올리고, 전자레인지에 비닐로 된 수액 팩을 돌려 화상을 입지 않을 정도의 온도를 맞춘 후 수건으로 감싼 다음 아이의 온몸을 녹이기 시작했다.

얼마의 시간이 흘렀을까? 담당 과장님이 도착할 때쯤 아기 팔의 일부에 온기가 돌기 시작했다. 서둘러 수액 라인을 잡아 최소한의 수분과 전해질을 공급했고, 한참이 지난 뒤 몸이 얼어 있던 아가는 똘망똘망한 남아의 모습으로 되살아났다.

생각보다 늦게 도착한 경찰은 밭고랑에 뚝! 뚝! 뚝! 떨어진 핏자국을 통해 아기를 버린 엄마를 찾았다. 한겨울 날씨에 아기를 버린 엄마는 남아있는 두 아이와 함께 찬밥에 김치 하나 곁들여 밥을 먹고 있었다고 했다. 안타까운 사연이었다.

그동안 분만실에 근무하면서 내가 봐왔던 산모들은 원하는 임신으로 환호하는 소리, 새로운 생명을 맞이하며 축하해주는 가족들 곁에는 꽃바구니가 가득한 그런 모습이었다. 의료진이 있어도 출산하는 과정은 두렵다. 산통은 '하늘이 노랗게 변해야 아이가 나온다.'라고 할 정도로 힘든 과정이다. 그럼에도 불구하고 갓 태어난 아기를 차가운 밭고랑에 두고 올 수밖에 없었던 산모의 심정은 어떠했을까?

열악한 환경에서도 마지막 신음 소리를 내며 살고자 한 아이는 기적처럼 뇌나 심장 등 중요한 장기에 아무런 이상 없이 잘 먹고 하루가 다르게 무럭무럭 자라주었다. 정상 분만인 경우는 2박 3일 만에 퇴원하지만, 이 아이는 집으로 갈 형편이 되지 않아 홀트 아동복지 기관을 통해 외국으로 가기 위한 절차를 준비했다.

다행히 엄마는 남아있는 아이들을 잘 키울 수 있도록 경찰서의 선처로 잘 마무리되었다고 한다. 입양 가기 전에 지어진 아기의 이름은 최○영, 한 달 동안 포동포동해진 건강한 모습으로 우리 곁을 떠났다.

지금쯤 그 아이는 스무 살 넘은 청년이 되었을 것이다. 어디에서든 건강히 성장하여 밝은 미소를 가지고 살아가길 바래본다. 의료인으로서 생명을 지키려는 사람들의 수고와 노력이 더해져 실낱같은 희망이 기적으로 나타날 때, 표현할 수 없는 뿌듯함과 희열을 맛본다.

기적은 멀리 있지 않다. 희미한 울음소리처럼 우리 곁에서 일어나고 있음을 잊지 말아야겠다.

각인刻印

추운 겨울 아들이 막 걸음마를 뗄 무렵이었다. 밀양에 사는 남동생이 오랜만에 집으로 놀러 와 즐겁게 시간을 보내고 있었다. 남편이 설거지를 도와주겠다며 부엌으로 갔고, 나는 기분이 좋아 흥얼거리며 커피를 준비했다. 머그잔에 커피를 타려다 '커피믹스는 종이컵에 타야 더 맛있다'라고 한 남편의 말이 불현듯 생각났다. 종이컵에 믹스커피를 넣고 뜨거운 물을 부은 뒤 아들의 키보다 조금 높은 싱크대 가장자리에 올려놓고 커피스푼을 꺼내기 위해 잠시 등을 돌리려는 찰나, 아~앙 자지러지듯 숨넘어가는 아들의 울음소리. 너무 놀란 나는 어떻게 해야 할지 순간 아득해졌다.

남편은 곧바로 흐르는 찬물에 아들의 얼굴을 갖다 대었다. 아들은 더 자지러지게 비명을 질렀다. 정신을 차려 보니 아들의 윗입술에서 아래턱을 따라 목, 가슴과 한쪽 팔까지 물집이 잡혀 벌겋게 변해 있었다. 우리는 윗옷이 상처 부위에 달라붙지 않게 서둘러 벗겼다. 온몸이 물에 젖은 아이를 이불로 감싸안고 응급실로 달려갔다. 아픔과 함께 겁에 질린 아이는 입술이 새파랗게 변했고, 목소리도 이내 잠기기 시작했다. 응급처치로 화상치료 연고를 바르고 거즈 위에 붕대를 다 감는 동안 남편과 나는 빨리 치료가 끝나기를 기다리면서 아이의 머리와 다리를 붙잡고 함께 울었다. 입술은 순식간에 물집으로 불룩불룩 부풀어 올랐고 일부는 벗겨진 상태라 입을 다물 수도 없었다. 붕대로 감싼 아이는 마치 이집트 영화의 작은 미라처럼 되었다.

치료를 마친 당직 선생님께서 '이 병원에서는 아이가 너무 어려 더 이상 화상치료를 할 수 없고 아이 상태가 심각하니 큰 병원으로 가는 게 좋겠다.'라고 하셨다. 두려움과 아픔에 벌벌 떠는 아이를 데리고 집으로 돌아왔다. 배가 고파 우는 아들에게 우유를 먹이는데 너무 난감했다. 입술 위아래 안팎으로 물집이 터지고 부풀어 올라 젖병이나 숟가락으로는 우유를 먹일 수가 없었다. 이것저것 시도해 보았지만 뾰족한 수가 없었다. 그나마 입 가장자리에 가장 가늘고 긴 빨대를 넣어 허기를 견뎌낼 정도의 우유만 겨우 먹였다. 이내 지쳐 잠이 든 아들의 얼굴을 보니 너무 안쓰러웠다.

다음 날 부산에 있는 화상 전문병원을 찾았다. 붕대를 풀고 상처를 보자마자 담당 의사는 '화상 부위가 넓고, 턱과 가슴부위는 겉으로 보는 것보다 화상 정도가 깊어 3일 정도 더 지켜봐야지 정확하게 상태를 알 수 있으며, 앞으로 예후가 그리 좋지 않을 수도 있다.'라며 당장 입원 치료를 해야 한다고 했다. 아이의 상처를 보니 죄책감이 밀려왔다. 애 하나 제대로 돌보지 못한 나의 안전 불감증 상태를 스스로 책망하면서 종이컵을 아들 손이 닿지 않는 곳에 두었어야 했는데, 화상 초기에 적어도 10~15분 정도 찬물에 담갔더라면, 그랬다면 피부 근육층까지는 깊이 내려가지 않았을 텐데! 온갖 생각으로 뒤늦은 후회만 가득했다.

나는 응급실과 외과 병동에 근무하면서 다양한 사례의 화상 환자를 돌본 경험이 있었다. 전신 화상으로 진액이 거즈에 달라붙어 치료 내내 절규에 가까운 비명을 지르고, 차라리 죽는 게 낫다며 고통스럽게 치료하던 환자, 멀쩡한 피부가 하나도 남아있지 않아 치료 전에 마약성 진통제를 주려고 해도 주사를 맞을 수 없었던 환자, 유치원에서 전신화상을 입은 남자아이도 있었다. 아이를 키우는 부모로서 특히나 뜨거운 물을 조심해야 한다는 것은 익히 알고 있었지만, 그 화상이 나의 아들에게 발생할 거란 생각은 단 한 번도 해보지 않았다.

급한 대로 3일 정도만 연차를 받을 수 있는 상황이라 내가 계속 아이를 돌볼 수가 없었다. 그래서 나보다는 직업상 시간이 조금 더 자유로운 남편이 엄마의 역할을 대신해서 아이를 돌보기로 하였다. 화상치료는 매일 죽은 조직을 떼어내는 과정부터 시작되었다. 두 번의 피부이식수술을 받으며 아이는 극심한 고통에 시달렸다. 수술과 치료 시에 부모가 함께 들어갈 수가 없어 우리는 밖에서 아들의 비명을 들을 수밖에 없었다. 아들은 부모와 떨어져서 얼마나 무섭고 힘들었을까? 혈관을 찾기 힘들어서 발에 무통 주사와 정맥주사를 고정해 놓은 상태라, 입원해 있는 동안 걷지도 못하고 꼼짝없이 유모차 신세가 되었다. 낮에 치료한 부위가 진물로 다 젖는 상황이 반복되었고, 때로는 머리에 감은 붕대 때문에 땀도 많이 났다. 갑갑해서 손으로 뜯고 난리를 부리기도 했고, 늦은 밤에 통증으로 울 때면 다른 환자에게 피해가 갈세라 병실 환아와 보호자들을 위해 1층 로비로 내려가서 유모차를 밀며 아이를 달랬다.

끝날 것 같지 않았던 시간이 흘러 다행히 아들은 걱정했던 것보다는 빠른 회복을 보였다. 주치의 선생님도 예상한 것보다 너무 잘 회복된 사례라며 '내원했을 때 비하면 이 녀석 용 됐다'라고 하셨다. 퇴원 후 한참 동안 아들은 흰 가운을 입은 의료진의 손이 몸에 닿기만 하면 입술이 파랗게 질려 소리를 질러대곤 했다. 걱정했던 화상의 흉터는 지금은 자세히 보아야만 보이는 희미한 화상 자국으로 남아있다. 그러나 그 흉터는 엄마의 머리와 가슴속에 오랫동안 각인刻印되어 있다.

간호사로서 수많은 화상 환자를 돌봐왔지만, 정작 내 아이의 화상을 마주했을 때는 침착하게 대응할 수가 없었다.

아들의 고통 앞에서 온갖 죄책감으로 스스로 책망하며 아이를 보듬는 것 외에는 할 수 있는 일이 없었다. 이 사건 이후 나는 뜨거운 물건을 극도로 조심하게 되었고, 화상의 고통을 끝까지 견뎌낸 아들과 간호를 도와준 남편에게도 감사하며, 아이를 안전하게 돌보는 것에 더욱더 주의를 기울이게 되었다. 지금도 그때를 떠올리면 마음이 아프지만 아들의 웃는 얼굴을 볼 때마다 정말 다행이라는 생각이 든다.

힘든 치료과정을 잘 견뎌준 아들! 정말 고맙다. 그리고 사랑한다.

✦

작은 관심

병원에서 일하던 어느 날, 미화여사님이 출근하자마자 나를 찾았다.

"선생님, 병동에 입원해 있는 환자 때문에 청소하기 힘들어 죽겠어요."라는 말에 나는 깜짝 놀랐다.

"왜요? 무슨 일이 있었나요?"라고 물어보니

"아 글쎄, 병동에 입원해 있던 고등학생이 화장실에서 염색하고 머리카락을 자른 탓에 화장실이 엉망이에요."라는 이야기를 듣고는 황당한 마음을 금할 수 없었다.

"이 병동에 입원해 있는 남자 고등학생 있잖아요. 알고 보니 간밤에 여동생 머리카락을 자르고 염색을 했다고 하네요. 병원 화장실에서 염색하는 것도 이해 안 되지만, 사용했으면 청소라도 하던지. 휴게실을 괜히 만들어서 청소하기 더 힘들어 죽겠어요." 하는 미화여사님을 향해 고개 숙여 "죄송해요. 제가 알아보고 단단히 주의를 줄게요."라고 했다.

병동에서도 이 남학생 때문에 간호사도 의사도 골치 아픈 건 마찬가지였다. 낮에는 종일 침대에 누워서 자고, 밤에는 환자와 보호자들을 위해 마련해 놓은 휴게실이나 병원 로비 쪽에 돌아다니다 새벽녘에야 입원 병실로 들어오기 일쑤였다.

특히 회진 시간이면 다른 주위 어르신들은 아프신 데도 불구하고 모두 일어나 앉아 있는데 중간 침대를 이용하는 이 녀석만 딱 누워 버티고 있었다. 주위 어르신들도 몇 번 알아듣게 얘기도 해보았지만, 당최 말을 듣지 않았다. 처음에는 속은 척도 하고 달래도 보았지만 소용없는 일이었다. 본인이 아프다고 하니 강제 퇴원을 시킬 수도 없는 노릇이었다.

평소 말투는 간호사들에게 깐죽거렸고 회진 시간에 제자리에 잘 있지도 않다 보니 베테랑 간호사들도 대하기가 너무 힘들었다. 하물며 시험 기간에도 학교에 가지 않았다. 아파도 시험 기간이면 퇴원하는 학생들만 봐온 터라 "시험 기간에는 학교 가야 하지 않냐, 선생님이 뭐라고 안 하시냐?"라고 물어보니 "반 평균을 까먹어서 선생님께서도 안 오는 게 좋겠다고 하셨어요."라는 말을 듣고 '학교에서도 포기했구나, 등교할 생각이 없으니 굳이 병원을 벗어날 생각이 없구나!'라는 생각이 들었다.

하루는 병실 회진을 도는데 그 학생의 침대 위에 올려진 책 한 권을 발견했다.

'오호라, 전혀 책을 읽지 않을 것 같은 녀석이 책도 읽나 보네? 다른 사람 책인가?'

"누구 책이니?"하고 물었더니

"제 책인데요."

"읽었어?"

"네"

"나도 책 좋아하는데 한번 봐도 될까?"

책 페이지를 넘기다 보니 자신의 장점을 기록해 두기를 '사교적이고 말을 잘한다.'라고 적혀 있었다. 이야기를 나누어보고 싶어 잠깐 시간을 냈다. 편하게 이야기를 나누다 보니, 아빠는 현재 자신이 학교를 못 가는 상황을 모르는 상태로, 다른 지역에서 근무 중이었고, 엄마가 본인을 위해 고생하시는 것도 알고 있어 보기와 달리 효심도 있는 것 같았다.

그래서 꿈에 관해 물어보았더니, 병원 생활이 길어지면서 '간호사가 대단해 보인다.'라며 간호사가 되고 싶다고 했다. 그 말을 듣고 나는 간호대학에 가려면 공부를 열심히 해야 하고 그에 맞는 노력이 필요하다는 점을 이야기해주었다. 또한 간호사는 단순히 아픈 사람을 돌보는 것뿐만 아니라 전문적인 지식과 기술이 필요한 직업이라는 점도 이야기해주었다. 그리고 간호대학을 바로 진학하기 힘들면 고등학교를 졸업해서 간호조무사가 된 후 간호대학으로 가는 방법에 대해서도 알려주었다.

이야기를 나누다 보니 그다지 밝지 않았던 눈빛과 태도가 변하기 시작했다. 의사 회진 시간에도 일어나 앉았고 간호사들에게도 예의 있는 행동을 보이기 시작했다. 담당 의사가 회진 때 나를 쳐다보며 "도대체 무슨 일이 있었냐?"라며 물었다.

몇 년 후, 나는 육아 휴직 중에 병원 후배로부터 연락받았다.

"예전 7○○실, 애먹이던 ○○○가 수간호사 선생님을 찾아왔어요."

"왜?"

"수선생님 덕분에 간호조무사가 되었다고 인사하러 왔어요, 꼭 인사를 전해달래요."

내 자식은 아니지만 참 대견했다. 그때 나의 작은 관심이 누군가의 결심과 진로에 도움이 되었다니 그저 고마운 일이다. 앞으로도 맡은 일에 최선을 다하며 원하는 바를 이루며 멋지게 살아가길 바랄 뿐이다.

대략 난감

"불이야, 불이야."
"어디? 어디?"
"탕비실 쪽입니다."

하던 일을 멈추고 같이 근무 중이던 간호사와 함께 후다
닥 복도 끝으로 달려갔다. 매캐한 냄새가 코끝을 자극했고
뿌연 연기가 눈앞을 가로막았다. 일단 물수건으로 입을 가
리고 자초지종을 확인하였다. 다섯 살 된 여자아이가 화장
실에서 휴지를 둘둘 말아 전자레인지에 올려놓고 장난삼아
계속 버튼을 누르다 보니 휴지에 불이 붙은 상황이었다. 전
자레인지에는 반쯤 타다만 휴지 뭉치가 남아있었다. 그때
지팡이를 짚고 거동이 불편해 보이는 어르신 한 분이 불장
난한 여자아이에게 다그치듯 물었다.
"병원에는 누구랑 왔노?"
"저, 엄마요. 엄… 마…"

“엄마는 어디 계시는데? 아~를 이래 혼자 두고… 얼른 같이 가보자.”

어르신과 후배 간호사가 아이를 데리고 엄마가 있는 병실로 향했다.

“애 엄마가 누구요?”

“왜요? 전데요.”

“하마터면 큰불 날 뻔했어, 애 혼자 안 다니게 교육 좀 잘 하소.”

어르신의 한 마디에

“제 아이는 제가 교육할 테니 상관 마세요!”

하고 아이 엄마는 퉁명스럽게 말을 뱉었다.

“아이고, 아나 어른이나 똑같네!” 어르신이 혀를 차며 병실을 나가셨다.

전자레인지에 남아있던 타다만 휴지를 챙긴 후 주위를 정돈하고 창문을 열어 환기를 시켰다. 그리고 주위 환자분들을 안심시킨 후 아이의 엄마가 입원해 있는 병실로 들어갔다. 나는 아이 엄마에게 타다만 휴지를 직접 보여주며, 자초지종을 다시 한 번 더 설명해주었다. 다행히 일찍 발견하여 큰 화재로 이어지지는 않았지만, 아이에게 화재의 위험성에 대해 인지시켜 달라고 부탁을 드렸다.

그런데 며칠 후 총무과에서 전화가 왔다. 화재 사건 발생 즉시 간호부에는 보고가 된 상태인데, 총무 담당자가 일련의 사건에 대해 되묻는 경우는 처음이었다. 담당자는 '불장난을 쳤던 아이의 엄마가 보건소에 민원을 접수하여 그날의 상황을 한 번 더 확인 중'이라고 했다. 민원 내용은 아이가 정서적 스트레스를 많이 받았는데, 이유인즉 담당 간호사가 많은 환자 앞에서 공개적으로 아이를 혼냈기 때문이라고 했다. 그래서 병원의 공식적인 사과를 요청하는 내용이었다.

나는 병원 생활 10년 만에 환자들이나 일반인들이 불편한 상황을 보건소로 민원을 넣을 수 있다는 것을 처음 알았고, 병동 수간호사로서 이런 민원이 제기된 것 또한 처음이라 참으로 대략 난감하였다. 병원 측에 물의를 일으켜 죄송하다는 사과가 먼저라고 생각했는데 오히려 사과를 요청하는 엄마의 태도를 나로서는 도저히 이해할 수 없었다. 당시 어르신 한 분이 아이 엄마에게 호통을 치긴 했지만, 아이와 동행했던 간호사는 주의해 주십사 부탁만 드렸을 뿐, 우리가 사과할 일은 아닌 것 같다고 총무과에 뜻을 전했었다.

사과할 의사가 없음을 전달하자, 민원 담당 공무원이 힘들다며 호소해 왔다. 빨리 해결해 달라며 하루에도 몇 번이고 담당 공무원에게 전화해 소리를 지르고 다그쳐서 도저히 다른 일을 할 수가 없다며 제발 잘 마무리해 달라는 내용이었다. 공무원과 총무 담당자에게는 미안했지만 아이 엄마에게는 미안한 마음이 생기지 않았다. 며칠 뒤 퇴원계에서 다른 환자들은 안중에도 없이 크게 소리치며 소란 피우는 사람이 있어서 가까이 다가가 보니, 화재 사건을 일으켰던 아이 엄마였다.

　나중에 알고 보니 원무과 직원은 자신이 잘못하지 않았음에도 불구하고, 다른 환자들이 있어 병원 이미지를 생각해 먼저 고개를 숙이고 잘못했다는 말부터 한 것이라 했다. 나는 병원에서 환자가 큰소리치면 무조건 직원이 잘못했다고 고개부터 숙이는 것에 대해 늘 불만이 있었다. 물론 잘못한 부분에 대해서는 진심 어린 사과를 해야겠지만, 전혀 잘못이 없음에도 불구하고 사과부터 해야 하는 부조리한 상황은 바람직하지 않다고 생각한다. 환자들에게 병원의 원칙과 규정을 제대로 알려주고 환자들도 이를 잘 지켜줘서 불편하지 않게 제대로 치료를 받을 수 있는 것이야말로 병원이 나아가야 할 방향이 아닐까 싶다.

와! 때리노!

'아아악, 아악!' '와! 때리노!' 평화로운 점심시간, 갑자기 병실에서 울부짖는 소리가 들렸다. 병실 입구에서 시어머니와 며느리가 싸우고 있다고 누군가가 알려주었다. 후닥닥 병실로 달려갔더니 두 사람 사이엔 무거운 공기가 감돌고 있었다. 함께 병실을 사용하시던 할머니들도 식사를 멈춘 채 두 분을 지켜보고 있었다.

"할머니께서 며느님 때리셨어요?"라고 묻자 할머니는 아무런 말씀을 하지 않으셨다. 침묵하는 시어머니 옆에서 며느리가 나직이 말했다.

"제가 때렸어요."

놀라서 이유를 묻자, 며느리는 담담히 말을 이었다.

"아, 제가 오전 내내 반찬을 정성껏 만들어 왔는데, 이것저것 어느 것 하나 입에 맞지 않다며 계속 불평만 하시니 순간 너무 화가 나서 저도 모르게 손이 먼저 나갔어요."

할머니 상태를 먼저 살펴보고 얼른 며느리를 데리고 일단 병실을 나왔다. 시어머니께서는 혈액투석으로 장기 입원 중이신 상태이고 며느님은 병원 내에서 주최한 봉사활동에서 누구보다 앞장서서 활동을 하셨던 분이라 더 당황스러웠다. 할머니도 불평불만 없이 조용하셨던 분이라 이런 상황이 더 이해할 수 없었다.

보호자를 휴게실로 안내한 후 시원한 음료수 한 잔을 내밀고는 흥분된 마음이 진정되기를 기다렸다. 한참 후에야 한숨을 쉬며, 차마 꺼내기 힘든 말씀을 하셨다. 처음 시집왔을 때부터 시어머니는 며느리를 일꾼처럼 부렸고, 마음에 들지 않으면 마구잡이로 때렸다고 했다.

시어머니께 맞고도 차마 아이들 때문에 이혼은 못 하고 지금껏 버텨왔다고 했다. 그런데도 며느님은 시어머니 병문 안을 올 때마다 매번 식사 준비를 해왔었다. 그런데 할머니께서는 그냥 입맛이 없다고 하시는 게 아니라 다른 환자들 앞에서 이것은 어째서 맛이 없다 저것은 저째서 맛이 없다 지적만 하시니 억눌렸던 감정이 폭발하듯 자신도 모르게 손이 올라갔던 것 같다고 말했다.

일단 서로의 감정이 정리될 때까지만 떨어져서 시간을 좀 갖자고 말씀드렸더니, 그래도 시어머니 밥은 꼭 자기가 챙겨드려야 한다고 흥분해서 소리를 높였다. 며느님 입장에서는 남편이 외벌이인데 친정엄마까지 집에서 모시고 사는 상황이라 어쩌면 남편에 대한 고마움과 미안함에 대한 도리이자 최선책이라고 생각하는 것 같았다. 이유야 어찌 되었든 손찌검을 한 며느리의 행동은 무조건 잘못이었다. 하지만 시어머니께 구박당하고 사랑받지 못한 며느리의 입장은 안타까웠고 이해도 갔다. 일단 환자분의 건강을 위해서 지금은 병원에서 나오는 저염식을 드시게 하는 것도 괜찮다고 말씀드렸다. 또한 환자분들이 다 보고 있는 병실에서 며느리에게 뺨을 맞았다는 사실이 시어머니의 자존심에도 큰 상처가 될 수 있음을 설명했다. 당분간 면회 오실 때는 남편분하고 같이 오시면 좋겠다고 말하자 한참을 생각하더니, 그렇게 하겠다며 잘 부탁한다고 하였다. 병실로 돌아가 할머니께 어디 편찮으신 곳은 없는지 안부를 여쭤보고 등을 다독여 드렸다.

이 사건은 단순한 다툼이 아니었다. 삶의 짐을 짊어진 두 여성이 자신의 자리를 지키며 겪는 작은 전쟁 같은 것이었다. 결국 중요한 것은 갈등 속에서도 이해와 배려를 배우며 함께 걸어가야 한다는 것이다. 나는 두 사람이 갈등을 잘 해결하고 평화로운 관계로 나아가길 바란다. 가족이라는 이름으로 서로를 보듬으며 작은 행복을 나누는 날이 오길 희망한다.

남사스럽다

　난생처음 산부인과를 찾은 할머니께 무릎까지 오는 치마를 건네며

　"속옷 벗고, 치마 입고 진찰실로 오세요." 했는데 한참이 지나도 인기척이 없었다. "왜, 안 나오세요?"라고 여쭤보자, "도저히 바지를 못 벗겠어. 지금이라도 진료를 봐야 할지, 그냥 집으로 가야 할지 고민이야!" 하시며 한참을 망설이시던 할머니께서 '그냥 아랫배 위로 검사하면 안 되겠냐?'며 진료를 망설이셨다.

　"정확한 검사를 위해 불편하시더라도 치마로 갈아입으셔야 해요."라고 거듭 설명해 드렸고 한참 뒤에야 할머니께서 검사용 치마를 입고 손으로 얼굴을 가리고 나오셨다. 그리고 진찰대 위로 올라가서 양쪽 다리를 벌리는 일도 쉽지 않았다.

　"아이고 못 하겠어, 도저히 못 하겠어!" 시간이 제법 지체

되었다. 접수실에서 기다리던 대기자가 늘수록 우리는 할머니의 진료가 빨리 끝나기를 기다렸다. 우여곡절 끝에 할머니의 첫 진료가 끝났다. "아이고, 오래 살아서 남사스럽다, 남사스러워. 낯선 남자한테 민망한 곳도 다 보여주고."라고 말씀하셨다. 의사선생님을 두고 하신 말씀에 "남자가 아니고, 의사 선생님으로 봐야죠!"하고는 우리는 너스레를 떨며 웃었다.

그렇게 첫 진료를 민망해하셨던 할머니께서는 두 번째 진료 후부터, '언제 그랬냐'는 듯이 검사용 치마도 제대로 갈아입지 않은 채, 그냥 진료실로 걸어 나오셨다.

"할머니, 왜 그러세요? 옷은 제대로 입으셔야죠!"
"아이고 한 번이 부끄럽지, 이젠 다 봤는데 뭣이 부끄럽냐!"

하신다. 할머니 말씀에 우리는 한바탕 크게 웃었다.

딱, 오천 원어치만

나른한 오후 허리가 굽으신 할머니께서 병원 문을 밀고 들어오셨다. 하혈이 있어 오셨다고 했다. 하혈 증상은 꽤 오래되었으나, 그동안 먹고 살기 바빠서 버티고 버티다 더 이상 미룰 수 없어 왔다고 하셨다. 처음에는 피가 조금씩 묻어 나왔는데, 며칠 전부터는 피가 줄줄 나온다며 제발 피만 안 나오게 해달라고 재촉하셨다.

진료는 곧바로 시작되었다. 원장님께서 질경 검사와 초음파를 보시고는 "여기선 도와드릴 수 없어요. 큰 병원으로 가셔야 합니다." 우리는 보호자를 불러야 했지만 보호자의 연락처도 모르고 왕래한 지도 오래된 딸이 있다는 할머니의 말씀에 순간 마음이 먹먹해졌다. 아픈 상황에도 혼자 버티며 지냈을 시간들이 너무 안타까워 보였다.

"그냥 피 멈추는 주사 한 대만 주소. 비싸게 말고 딱 오천 원어치만."

할머니가 내실 수 있는 돈의 전부였다. 고단한 삶의 흔적과 궁핍한 살림살이가 고스란히 느껴져 안타까웠다. 어쩔 수 없이 연락처를 알고 있는 이웃분께 연락을 드려 할머니의 상태를 설명하자 "네, 알았어요. 병원같이 가 드릴게요."라며 기꺼이 도와드리겠다고 말씀해 주셔서 그나마 안심이 되었다.

이웃이 오기를 기다리는 동안 소파에 기대어 앉으신 할머니의 굽은 허리가 유난히 힘들어 보였다. 나는 할머니의 거친 손을 살며시 잡아드렸다. 큰 병원에 가면 돈이 많이 들텐데 안 가면 안 되겠냐는 할머니께 꼭 큰 병원에서 진료를 보셔야 한다고 말씀드렸다. 우리가 할머니께 도움을 드릴 수 있는 방법은 진료비를 면제해 드리고 택시비 정도 손에 쥐여 드리는 것뿐이었다. 돈 걱정 없이 진료받을 수 있는 세상! 너무 당연하지만, 현실은 그렇지 못하다.

병원 문을 나가시는 할머니의 뒷모습에 마음이 아팠다. 부디 할머니를 위한 의료지원과 함께 돌봐주실 수 있는 주위 사람들이 많았으면 하는 마음뿐이었다.

— ◆ —

암새뜰

겨울방학이 끝나갈 무렵 가볍게 산책하기 좋은 장소로 알려진 밀양 '아리랑 둘레길'로 향했다. 이 길은 영남루에서 시작해 내가 자란 마을 암새뜰*로 이어진다. 겨우내 거의 실내에서만 생활했던 나는 바깥 날씨를 제대로 가늠할 수가 없어 얇은 옷을 여러 겹 껴입은 뒤 두꺼운 패딩까지 걸쳐 입었다. 거울 속의 비친 내 모습은 뒤뚱뒤뚱 걸을 준비를 하는 펭귄 같았다. 여고 졸업 이후 30년 만에 언니랑 처음으로 가보는 길이라 설렘이 앞섰다.

우리 동네는 시내에서 조금 떨어진 외곽에 위치한 마을로 예전의 모습은 거의 찾아볼 수가 없을 정도를 변해 있었다. 예스러운 멋이 듬뿍 묻어났던 고택은 외지인들이 즐겨 찾

---

* 암새뜰(들): 밀양 장선마을 동남쪽에 있는 들이며, 암소(巖沼)들로 들 가운데 작은 소가 많아 불리게 되었다고 함.

는 카페가 되어 있었고 넓고 나지막한 산자락은 전원주택
지로 변해 있었다. 꼬불꼬불하던 길도 쭉 뻗은 2차선 도로
가 되어 시내까지 5~10분이면 충분했다. 학창 시절 한 시
간 이상 걸어서 학교로 오갔던 추억의 옛길을 천천히 걸어
보았다. 한가로이 흐르는 남천 강둑 옆으로 나목인 벚나무
가 제법 아름드리 가지를 드리우고 있었다. 옛길의 흔적은
거의 없어졌고 높이 솟은 낯선 건물들이 한눈에 들어왔다.

　학교로 가는 길은 여러 갈래가 있었다. 내가 자주 걸어 다
녔던 강변길은 학교로 가는 지름길이었다. 돌 위에 임시로
만들어진 길로 제방 공사를 위해 돌을 실어 나르는 큰 차가
다니는 위험한 길이었다. 비가 오는 날이면 등하교 강변길
은 물이 넘쳐 순식간에 사라져 버렸다. 강변길이 차단되면
겨우 한 사람 지날 수 있는 영남루 오솔길을 이용했다. 그
길은 숲이 무성하게 우거져 있어, 평소 사람이 잘 다니지
않는 길이라 으스스한 느낌이 들곤 했다. 그리고 자칫하면
미끄러져, 저 아래로 떨어질까 봐 얼마나 무서웠는지. 지금
도 생각하면 아찔하다.

　마을로 가는 중간쯤에 철길이 자리 잡고 있었다. 평소에
는 기찻길 아래 터널로 다녔는데, 그곳에 물이 차면 차단기
도 없는 철길 위를 넘어가야 했다. 기차는 비둘기호, 무궁
화호, 새마을호, 화물 기차로 종류도 다양했다. 기차가 지
나갈 때면 우리는 누가 먼저랄 것도 없이 손을 흔들어 주었

다. 그럴 때면 기차에 탄 사람들도 반갑게 손을 흔들어 주었던 정겨운 순간이 떠오른다.

　언니랑 이런저런 추억을 더듬다 보니, 어느덧 마을 입구에 다다랐다. 아이들로 북적였던 동네는 지금은 너무 한적하고 조용했다. 좁은 골목은 도로 확장으로 넓어졌지만, 옹기종기 붙어있던 집들은 많이 사라지고 없었다. 예전에는 논과 밭이었던 들판이 새로 지은 집들로 채워져 있었다. 강변 끝에는 당시 동네에서 유일하게 부의 상징처럼 보였던 이층집이 한 채 있었는데, 이젠 세월이 흘러 색도 바래고 퇴색되어 쓸쓸함마저 자아내고 있었다.

　추운 겨울이면 꽁꽁 얼어붙은 논에서 아버지가 손수 만들어 주셨던 썰매를 타고 친구들과 경주를 했었고 마을 곳곳에서는 또래끼리 어울려 구슬치기도 했다. 또 대문이 열려 있는 집들을 자유롭게 드나들며 숨바꼭질 놀이를 했었다. 함께 놀던 친구 언니와 오빠 동생들은 지금 어디서 무엇을 하며 살고 있을까?

　우리 동네는 남천강 상류로 물도 맑고 수심이 깊지 않아 물놀이하기에는 안성맞춤이었다. 특히 강가에 있는 둥글고 넓은 돌들은 빨래를 널기에 기가 막히게 좋았다. 여학생들은 반듯하게 생긴 돌로 각자의 방을 만들며 소꿉놀이도 하였다. 무늬가 있는 돌을 모아서 방을 이쁘게 꾸미고 놀았던 기억이 새록새록 떠오른다. 어디 그뿐이랴, 과수원에 떨어진 사과는 물놀이할 때 최고의 놀이 도구였다.

다이빙하던 장소엔 물이끼와 내 키보다 높은 갈대가 자리하고 있었다. 긴 강을 이어주던 나지막한 다리도 안전상의 문제로 철거된 지 오래였다. 여름철이면 모든 동네 사람이 저녁을 먹고 삼삼오오 다리 위나 아래에 모여 더위도 식히고 친목을 다지기도 했었는데...지금은 교각의 일부 쇳덩어리만 흔적으로 남아있었다.

함께 뛰어놀았던 친구들은 대부분 도시로 떠나 지금 당장 만날 수 없어 못내 아쉬운 마음이 들었다. 그래도 마을이 낙후되지 않고 조금씩 발전되었고 위험하고 불편했던 도로가 잘 닦여져 사람들이 이동하기가 수월해졌으니 다행이기도 하다. 외지 사람들이 들어와 카페나 식당을 하기도 하고, 전원주택으로 동네 풍경이 많이 변하고 있었다. 부디, 동네 사람들끼리 잘 지내고 사람 냄새도 나면서 자연이 보존되는 마을로 있어 주었으면 좋겠다.

오늘 언니와 함께한 추억 여행은 더할 나위 없이 좋았다. 그리고 따스한 봄날에 다시 한 번 가벼운 마음으로 '암새뜰' 나의 고향을 찾아오리라 마음을 먹었다.

내가 산 가격이 얼마인데…

언제부터인가 세탁기가 자리한 뒷베란다는 깔끔함과는 거리가 먼 공간이 되어 있었다. 켜켜이 쌓인 각양각색의 상자와 세탁물뿐만 아니라 잘 사용하지 않는 물건들이 수북이 쌓여 늘 신경이 쓰였다. 몇 년째 '치워야 하는데…'라는 생각만 하며 시간을 보냈다.

빨래를 삶을 때 아무리 끓어도 물이 절대 넘치지 않는 '삼숙이', 장아찌용 유리병, 크고 작은 바구니와 대야들이 내 시야에 확 들어왔다. 오늘은 꼭 정리해야지! 다짐하며 꺼내어 보았다. 쓰지 않고 쟁여둔 멀쩡한 상태의 물건들을 보니 버리기엔 아깝고 그대로 두기엔 찜찜한 마음이 들었다.

고심 끝에 인터넷 중고 거래 플랫폼인 '당△마켓'에 무료 나눔하기로 했다. 유튜브로 검색해서 회원가입을 하고 무료 나눔을 시도했다. 물건을 올리기 전에 쌓인 먼지를 털어 내고 씻고 닦았다. 사진을 찍어 플랫폼에 올리는 내 모습을 지켜보던 아들이 "그거 얼마 받을 거야?"라고 물어서 "무료로 나누어 주는 거야"라고 했더니 어이없다는 표정을 지으며 방으로 들어가 버렸다.

　물건을 올리자마자 여기저기서 연락이 쏟아졌고 일정이 겹치지 않게 시간을 조율하여 거래 약속 시간을 정했다. 생애 첫 나의 무료 나눔은 생각보다 더 큰 뿌듯함을 안겨줬다. 식물과 화분을 원하는 분과는 식물 가꾸는 방법에 대한 정보를 나누기도 했다. 그리고 나보다 더 식물을 잘 보살펴 줄 것 같은 분께는 더 많은 화분을 나눠 드리기도 했다. 같은 아파트에 사는 한 젊은 남자분은 이미 나눔이 다 된 후에 뒤늦게 연락이 와서 예쁜 화분 네 개를 챙겨드리기도 했다.

　나에게 필요 없는 물건이 누군가에는 꼭 필요한 소중한 물건으로 탈바꿈했고, 아까워 버리지도 못하면서 실제 사용하지 않던 물건들이 제 주인을 찾아갔다. 비우는 과정에서 내가 살 때 지불했던 가격이 얼마인데… 생각하며 넣다 뺐다 무료 나눔에 망설였던 물건도 몇 가지 있었지만 결과적으로는 무료 나눔한 것은 아주 잘한 일이 되었다.
　물론 나눔이 좋은 경험만 있는 것은 아니다. 나눔을 하기 위해 많은 시간을 할애해야 하고 작지만 노력도 필요하다. 약속 시간을 어기거나 연락이 되지 않는 사람들도 있었고, 확인 문자에 답장이 늦어 속이 타들어 가는 경우도 있었다.

그러나 대부분은 마음이 좋은 사람이 많았다. 또한 상품을 잘 구매했을 경우는 왠지 모를 뿌듯함까지 가져다준다.

나눔을 통해 집에서 잠자고 있던 물건들이 누군가에게는 쓰임이 될 수 있음을 깨달았다. 앞으로 물건을 살 때 좀 더 신중하게 고민하고 꼭 필요한 물건을 구매해야겠다는 다짐도 했다.

나눔과 비움은 단순히 물건을 정리하는 행위가 아니었다. 이 과정에서 기쁨과 감사를 느꼈고 좋은 사람들과 더불어 산다는 훈훈함도 배웠다. 모르는 사람들과도 자연스럽게 친해지고 좋은 관계를 만들어가는 계기도 되었다.

나눔은 더불어 사는 세상의 작은 시작일지도 모른다. 그리고 그 시작은 바로 내 집 한 켠의 비움에서부터 일 것이다.

시간 속 발자취

　해가 거듭될수록 마음 한 켠에 자리 잡은 숙제가 있다. 반드시 해야만 하고 마감 기한이 있는 제출 과제는 아니지만 더 이상 미룰 수 없는 내 숙제는 가족 앨범을 정리하는 것이다. 예전처럼 사진을 직접 출력해서 두꺼운 사진첩에 붙이는 작업보다는 사진 앱을 통해 포토북 형태로 책을 만들어 연도별로 깔끔하게 정리해서 책장에 보관하고 싶었다.

　하지만 사진을 정리해야지 하는 생각만 앞설 뿐 막상 하려니 엄두가 나지 않았다. 하나뿐인 아들의 소중한 순간들을 성장 사진으로 남겨주고 싶었는데, 아들 돌잔치 이후부터 미루어 두었으니 벌써 14년째이다. 미루기만 한 내 게으름의 최고치라고 할 수 있겠다.

　나에게 있어 '앨범'의 의미도 예전 같지 않다. 학교를 졸업하면 당연하게 챙겨야 했던 초·중등 졸업앨범은 어릴 적 이사할 때 모두 잃어버렸고 친정에 남아있는 고등학교, 대학교 앨범조차 방 한구석에 덩그러니 자리 잡은 지 이미 오래전이다. 유일하게 남아있는 두 권의 앨범 중에서도 아주 어릴 적 사진은 거의 남아있지 않고, 초등학교 6학년 졸업 시점에 이순신 동상 앞에서 촬영한 사진 몇 장과 중·고등학교 때의 소풍, 단 한 번뿐이었던 수학여행, 대학 MT, 나이팅게일 선서식 졸업사진만이 시간대별로 정리되어 있다.

사진 속의 내 모습은 주로 웃고 있었다. 요즘 유행하는 스타일의 눈 감은 사진, 뒷모습이나 인상이 구겨지거나 찡그린 사진 등은 그 당시엔 쓸모없는 사진으로 여겨 그냥 휴지통으로 버려졌던 것 같다. 때로는 친구나 언니 옷을 빌려 입고 한껏 멋을 부렸던 나!

밀양 표충사 경주 불국사 안동 하회마을 같은 유적지에서 촬영된 사진이 대부분이었다. 20대 초반 누군가 만약에 자취방에 불이 나면 제일 먼저 챙겨야 할 보물이 뭐냐고 물어봤다면 내 대답은 세 권의 일기장과 두 권의 앨범이라고 말할 정도로, 사진 한 장 한 장이 정리된 앨범은 나에게 더없이 소중한 보물이었다.

요즘은 휴대폰 사진이 너무 흔해진 탓일까? 한 장 한 장 앨범에 간직했던 종이 사진이 귀하고 보기 힘들어졌다. 예전에 출력된 사진들은 큰 봉투에 뭉치로 보관되어 있고 기껏 액자로 만든 결혼사진, 가족사진도 거실이나 안방 벽에서 내려와 방 한구석에 겹겹이 쌓여 보관 중이다. 휴대폰에는 비슷비슷한 사진, 관리되지 않은 동영상이 여러 해 동안 휴대전화기의 용량만 차지하고 있다. 누구나 마음먹으면 장소나 시간에 구애 없이 얼마든지 촬영 후 바로 확인할 수도 있다.

머지않은 미래에는 사진을 보관하는 앨범 자체가 사라질지도 모르겠다. 아날로그 시대에서 디지털 시대를 살고 있는 나로서는 훗날 내 기억이 희미해지고 뭘 하면서 보냈는지 기억나지 않을 때 앨범을 찾게 될 것이며 삶이 덧없게 느껴질 때 사진 속 과거의 나를 통해 추억을 되새기며 또다시 웃을 수 있을 것이다.

이번 설 연휴에는 가족과 함께 미뤄왔던 앨범 정리를 꼭 해보려 한다. 사진을 정리하면서 추억을 나누고 함께한 시간을 되새겨 본다면 그 또한 행복한 순간이 되지 않을까 싶다.

'노객老客님'

　어느 날 갑자기 노화가 손님처럼 찾아왔다. 30대 후반부터 정수리에 새치가 하나둘 보이기 시작했다. 눈에 보이는 부분은 내가 직접 뽑고 보이지 않는 부분은 남편에게 부탁했다. 한 달에 한 번 정도 족집게를 이용하여 흰머리를 뽑아 테이프에 붙여 수를 헤아려 보았다. 처음에는 가려운 곳을 긁는 것처럼 마냥 시원했지만, 어느 날부터는 점점 그 수가 많아져 '휑'한 느낌이 들 정도였다. 갑자기 '이러다 원형탈모처럼 보이면 어쩌지?' 하는 불안감이 엄습해왔다.

　새치 염색을 하기 위해 집 앞 미용실을 찾았다. 새치도 커버하고, 예쁘고 환한 밝은 갈색으로 염색을 하고 싶어서였다. 하지만 새치 염색은 내가 원하는 색을 마음대로 고를 수 있는 선택권이 없었다. 색깔 제한뿐 아니라 염색 간격도 점차 짧아졌다. 색깔도 차츰 어두워지고 잦은 염색으로 머릿결은 푸석해졌다. 그리고 웨이브나 매직 등 내가 원하는 헤어스타일도 포기해야 했다. 이럴 줄 알았으면 ‘젊었을 때 더 다양한 색깔로 염색이나 해볼걸.’ 뒤늦은 아쉬움이 뇌리를 스쳤다.

염색이 차츰 익숙해질 무렵 모처럼 집안 대청소를 하던 어느 날! 먼지처럼 보이는 것이 머리카락 사이에 붙어있었다. 청소를 다 끝내고 씻고 나왔는데도 먼지가 떨어지지 않았다. 몇 번 손짓으로 제거해 보았지만 그대로였다. ‘이거 뭐지!’ 떼어내려고 여러 번 시도해도 손에 잡히지 않았다. 오른쪽 눈에 계속 날파리가 아른거리는 느낌이 들었다. 늦은 밤이라 당장 병원으로 갈 수 없어 휴대폰으로 증상을 검색해 보니 ‘비문증’이었다.

다음날 서둘러 동네 안과에 갔다. 의사 선생님이 뭐가 보이냐 길래 ‘벌레 한 마리가 보이는 것 같다’라고 하자, “실제 벌레는 아니고 시신경과 안압에는 아직 이상은 없지만 약간의 백내장도 있고 비문증은 별다른 치료는 없고 노화로 인해 자연스러운 현상’이라고 말씀해 주셨다. 갑자기 물체가 여러 개로 보이거나 눈에 이상 증상이 생기면 응급으로 병원에 가야 한다는 주의 사항을 듣고 집으로 돌아왔다.

이번 여름에는 아무런 전조 증상도 없이 저녁을 먹고 누웠는데 갑자기 침대가 순식간에 물침대로 변한 것처럼 흔들리는 느낌이 들었다. 옆으로 돌아누웠더니 어지럼증이 더 심해졌다. 다음날 병원에서 이석증과 감별 진단을 하기 위해 여러 가지 검사를 한 후 메니에르*진단을 받았다. 그나마 이석증보다는 낫다고 스스로 위로했다. 나에게는 유독 감각기관에 노화현상이 먼저 나타나는 것 같다. 노안, 청력과 잇몸이 약해지고 더불어 갱년기 증상까지 더해지고 있다.

처음에는 새로운 증상이 나타날 때마다 혹 무서운 질병과 연결되는 것은 아닌지 두렵기도 했고, 걱정이 많아지자 우울해지기도 했다. 하지만 갑작스레 큰 질환이 닥친 것보다는 차라리 적응할 정도의 노화에 어쩌면 이 또한 다행이라는 생각도 했다.

노화는 더 이상 피해야 할 손님이 아니라 나와 함께 살아가야 할 '노객老客님'이다. 새로운 증상이 나타날 때마다 불안과 우울함에 사로잡혔던 순간들. 하지만 지금은 그 속도를 받아들이며 노화라는 손님과 함께 잘 지내보려고 한다. '그래, 노화야. 너로 인해 내가 더 건강에 대한 경각심을 갖고 활력 있게 살도록 노력하마.'
적당히 왔다가 적당히 잘 돌아가렴.

---

* 메니에르병(Meniere's disease) : 어지럼증, 청력 감소, 귀울림, 귀 먹먹함 등의 증상이 갑작스럽고 반복적으로 생기는 질병을 의미합니다.

故

이미희 선생님을
추모하며

경남 의령에서 1967년 태어나 2022년 하늘의 별이 되었다.
마산간호대학 간호학과를 졸업하고 가야대학교 보건대학원 간호
학석사학위를 받았다. 창원 한서병원 외 다수 병원에서 20년간 임
상간호사로 근무하였다. 김해강남간호학원을 운영하며 김해대학
교 외 다수의 대학에서 겸임 교수로 강의하였다.

| 논문 |
「기본 간호실습 교육방법에 관한 문헌 고찰」(2015)

끈 떨어진 두루마기

(故)이미희

평일 이른 아침 핸드폰 벨이 울린다. 친정엄마의 전화다. 언제부터인가 나에게 엄마의 전화는 반가움보다 두려움이 더 크게 밀려온다. "넌 매일 바쁘니까 아침 일찍 전화한다"는 엄마의 젖은 목소리가 '막내딸 너무 보고 싶다'라고 외치는 것 같다. 거실 소파에 앉아 통화하며 베란다의 화초를 물끄러미 쳐다본다. 엄마의 얼굴이 겹쳐 보이며 내 가슴을 찌른다.

어제 저녁 셋째 언니와 통화 중 엄마의 "나는 끈 떨어진 두루마기와 똑 같다"는 애기를 하면서 둘이서 크게 웃었다. 오래된 레퍼토리 중 하나인 엄마의 이 말은 '외롭다', '인생이 허무하다', '동네 친척 친구들의 죽음', '요양병원으로 향하는 것을 보는 것이 두렵다'는 생각이 함축되어 있음을 딸인 우리는 알고 있다. 엄마의 풀어진 두루마기 끈을 한번 묶어드려야겠다는 생각을 했다.

  아직도 막내딸이 너무 바빠서 휴일에만 시간이 있다고 생각하는 엄마와의 만남을 위해 예쁘게 단장하고 한껏 멋을 부리며 운전대를 잡는다. 시골길에 서 있는 나무들의 푸르름과 싱그러움이 부럽다. 피고 지는 이름 모를 들꽃을 보면서 자연과 인생의 섭리가 닮아있고, 모든 것에는 시기와 때가 있음을 느낄 수 있다. 군데군데 피어있는 노란 들꽃이 내 무거운 마음 한쪽을 포근히 감싸주는 것을 느끼며 엄마에게 가는 길을 재촉해 본다.

  친정에 도착하여 수박 한 통과 생선을 냉장고에 두고 "엄마 나하고 같이 함안 뚝방 길에 양귀비꽃 보러 갈래?" 하니 "보면 뭐하노" 한다. "바람도 쐬고 예쁜 꽃도 보면 좋지"하고 말하니 또 "좋은 것도 없다" 한다. 평소와 다르게 짜증을 내시면서 과일을 먹자고 해도 "죽을 때가 다 되었는데 뭘 자꾸 먹노" 하면서 짜증을 낸다. 방안에 약간의 냄새가 나서 "침대 위에 이불 세탁기 좀 돌리자 엄마" 하니 "죽으면 다 태울 건데 뭐하러 씻어" 한다.

  엄마의 얼굴을 자세히 보니 조금 여위었고 기분이 좋아 보이지 않는다. 언니에게 이미 전해 들었지만, 평소에 항상 깨끗하고 자기관리가 철저한 분이 조금씩 변해가는 모습이 안쓰럽다. 엄마에게 올 때의 마음과 다르게 감정이 조절되지 않는 나 자신에게도 화가 났다. 바쁘다는 핑계를 대고

길을 나섰다. 혼자 양귀비 꽃밭을 보면서도 온통 엄마 생각
뿐이다. 돌아오는 차 안에서 내 설움에 못 이겨 눈물을 흘
리며 생각한다. '이 못된 것아. 노인의 투정을 조금 받아주
고 이해하면 되지. 그걸 못 참고.'

울 엄마는 열다섯에 시집와서 육 십여 년을 아버지와 함
께했다. 아버지를 보내고 아흔둘이 된 올해까지 유교적 문
화가 강한 집성촌 고향 동네에 살고 계신다. 그 시절 모든
어머니가 그렇듯 가난과 희생을 벗 삼아 인고의 세월을 보
냈다. 자식이 인생의 전부인 한국의 어머니시다. 젊은 시절
동네에서 "강순경"이라는 별명이 있을 정도로 사리 분별이
밝고 부지런하여 1남 4녀의 자식들을 남부럽지 않게 키웠
다. 오랜 풍파를 겪은 고목처럼 늘 그 자리에 서 있으면서
삶에 지친 오 남매에게 푸근한 그늘을 내어줬다. 하지만 이
제는 그 그늘이 세월의 변화를 거스를 수 없음을 확인하듯
조금씩 사라져 가고 있다. 엄마의 변하는 모습이 다행스럽
고 건강함이 걱정되는 것은 나의 이기심이다. 못된 막내딸
이다. 엄마의 쇠약함보다 나의 아픔이 먼저인 것 같아 너무
슬프다. 울 엄마는 나의 아픔을 알지 못한다. 가족 모두가
거짓말을 하였기 때문이다.

삼 년 전 주어진 몫의 삶 앞에서 부단히 노력하고 당연하
다고 알았던 나의 모든 것이 한순간에 무너졌다. 암이라는
병 앞에 나의 일상은 갈 곳을 잃었다. 간호사로 일평생 일

해 온 나에게 환자는 보살피는 대상이었는데. 나에게 어느 날 주어진 환자라는 이름은 처음 들어보는 생소한 단어처럼 느껴졌다. 고통은 오롯이 나만의 몫이었다. 옆 환자의 고통이 잠재적인 나의 고통임을 느끼면서 엄습해 오는 두려움에 잠 못 이루었다. 간호사로서 알게 된 병원의 치료용 소음은 나를 더 불안하게 만들었다. 마치 어릴 적 어느 봄날 소풍 가서 재미있게 놀다가 갑자기 생긴 먹구름에 친구와 선생님 모두가 나를 두고 가버린 느낌이었다. 저 멀리서 들리는 천둥소리는 나를 더욱 힘들게 했다. 집으로 가는 길을 잃어버려 헤매고 있는 나에게 불을 밝히고 손짓하며 일으켜 세운 것은 울 엄마의 목소리와 가족들이었다.

막내딸에 대한 애착이 누구보다 강한 울 엄마다. 엄마보다 먼저 병 앞에 무너지는 불효는 절대로 하고 싶지 않았다. 옆에서 지켜보는 아이들에게도 미안하고 고맙다. 엄마와의 통화를 위해 목소리를 가다듬고 억지로 밥을 먹었다. 횟수를 거듭할수록 심해지는 죽음의 공포에 끌려다닐 수는 없었다. 수술과 항암으로 쇠약해져 혼자서는 걸어지지 않는 발걸음으로 병원 복도를 걷고 또 걸었다. 이런 내 모습이 건강관리를 잘하지 못한 과거의 길을 비추었다. 이제 운동하며 노력하는 모습이 내 미래를 밝혀나가게 하리라 마음속으로 다짐하였다.

일상으로 돌아오는 것은 쉬운 일이 아니었다. 매일같이

출근하여 일하며 살아온 내가 아침에 일어나도 갈 곳이 없다. 갈 곳도 갈 수도 없음에 서글퍼 했다. 몸이 지치니 마음이 무겁고 마음이 지치니 몸이 다시 무거워졌다. 행복도 개인의 상태에 따라 다르다. 세상에 당연한 것은 없다고 했다. 그 말은 나의 상태와 너무나도 꼭 맞았고 불행을 겪으니 살아 숨 쉬는 지금이 행복하다는 것을 느꼈다.

이제 엄마의 오래된 푸념 "끈 떨어진 두루마기 같다"는 말의 의미와 그 무게를 이해한다. 엄마의 그 끈을 매어 주려고 모든 자식들이 노력하고 나의 두루마기 끈은 아이들, 남편, 가족, 선후배, 친구들 모두가 묶어주려 한다. 하지만 나는 알고 있다. 그것은 자신만이 다시 더 단단히 묶을 수 있다는 것을.

나는 알고 있다. 며칠 후 엄마의 끈 떨어진 두루마기를 묶으러 또다시 길을 떠난다는 것을….

불러도 대답 없는 이

보고 싶어 불러도 대답이 없어
시간 속에 옅어져 가는 추억
너무 늦었지. 천상에선 들릴까.
가슴 속에 묻어둔 애절한 사람아!

– 주은주

아우야! 보고 싶다

오늘은 아우이자 친구인 (故)이미희 원장의 기일忌日이다. 노오란 꽃잎 속에서 환하게 웃고 있는 사진 속 예쁜 모습을 한참 바라보았다. 왜 이리도 아쉽고 보고 싶은지. 잠시라도 만나서 이야기할 수만 있다면 얼마나 좋을까? 자꾸 눈물이 난다. 친구의 영정 앞에 술을 따르며 '이 세상 모든 걸 훨훨 털어 버리소. 행복했던 추억은 우리들의 마음속에 물방울처럼 남겨 놓고, 따뜻한 봄바람 타고 가볍게, 쉬엄쉬엄 잘 가길 바라오. 넘실거리는 강 건너고, 굽이진 산 고개 넘어서 간 그곳에서는 제발 아프지 말고, 잘 지내고 행복하소.'

하고 극락왕생을 기원한다.

– 허현점

사랑합니다

우리에게 많은 사랑을 주었고 힘들어도 내색 한번 하지 않고 '다 그렇지! 사는 게 그렇잖아' 하면서 밝게 웃으시던 그 모습이 어제 일처럼 선연하게 떠오릅니다.

동기였지만 늘 언니로서 챙겨주려 했던 그 따듯한 마음 너무 감사했고 좋았습니다.

그리운 이미희 선생님 다시 만나고 싶은 선생님, 선생님과 함께 한 모든 순간을 기억하겠습니다. 사랑합니다.

– 이인희

그리운 사람

선생님과의 첫 만남은 대학원 입학식이었고 같은 지도교수님 밑에 논문을 쓰면서 시작되었습니다. 늘 조심스러운 말투와 배려가 먼저였고 석사 동기 모임에서 자칭 학습 부장을 담당하며, 우리들의 부족한 면을 채워 주었지요. 밤늦게 공부하다 지칠 때면 공부 반, 인생 이야기 반으로 시간을 메우고 삶의 동지가 되어준 선생님. '끈 떨어진 두루마기' 한 편의 글을 남기고 우리 곁을 떠나갔습니다. 나의 마음속에 소중하고 귀한 언니 같은 그리운 선생님 고맙고 보고 싶고 사랑합니다. 우리에게 울림을 준 사람. 그리운 사람입니다.

– 박미경

이미희 선생님께

선생님, 이제는 고통 없이 편안한 곳에서 잘 지내고 계시지요? 그리운 선생님의 목소리가 지금도 제 귓가에 들리는 듯합니다. 수화기 너머에서 들려오던 '인순아! 오랜만이네! 잘 지냈어?'라는 인사와, '아들도 잘 있지?'라며 안부를 물어봐 주실 것 같습니다. 언제나 남을 먼저 배려해 주셨던 따뜻한 마음과 선생님의 환한 미소만으로도 큰 위로가 되었던 지난 날들이 많이 그립습니다. 시간이 많이 흘러 우리가 다시 만나면 그동안 못 다한 이야기 도란도란 나누고 싶습니다. 저에게 주셨던 선생님의 사랑, 잊지 않고 늘 감사드리며 그리워하는 마음으로 살아가겠습니다. 제 기억 속에 좋은 인생 선배의 모습으로 함께 해주셔서 정말 고마웠습니다.

– 최인순

<h1 style="text-align:center">에필로그</h1>

알지 못한 자가 용감하다고 했던가? 나의 무지로 지금의 글쓰기를 시작한 것 같다. 몇 년 전 석사 동기가 "글쓰기를 한번 해보는 게 어떻겠어요?"라고 말했다. 그때 나는 일기도 적지 않는 사람들이 어떻게 글쓰기를 하냐고 반문했다. 하지만 동기 선생님 중 "우리가 열심히 산 삶을 글로 남겨 책으로 만들면 좋지 않겠어요."라는 말에 나는 글쓰기에 동의했다.

솔직히 말하자면 멋모르고 글쓰기를 시작한 것이다. 하지만 글쓰기는 생각보다 호락호락하지도 간단한 것도 아니었다. 글을 쓰고 지우는 과정을 수십 번 반복하였다. 단지 나의 이야기를 글로 써 간직 하고픈 욕심으로 시작하였건만, 책을 낸다는 것이 이렇게 고된 일인 줄 몰랐다. 어설프게 쓴 글로 책을 낸다고 생각하니 그저 부끄럽기 그지없다.

그동안 글쓰기의 어려움을 함께해 온 동기들과 바쁜 아내를 위해 모든 것을 배려해 준 남편 그리고 두 딸에게 고마운 마음을 전하고 싶다.

– 허현점

의미 있는 삶이란 뭘까 고민 끝에 글쓰기를 선택했다. 아주 편한 마음으로 각자 글을 쓰고 나누면서 행복하고 즐거운 시간을 보냈다. 그런데 어느 날 이렇게 재미있고 의미 있는 글이 그냥 묻히기 아깝다는 글쓰기 선생님의 말씀에 우리들은 우리의 이야기를 책으로 만들기로 하였다.

우리의 글을 세상 밖으로 내어놓는다는 건 누군가 우리가 쓴 글을 읽는다는 것이고 너무나 부끄러운 일이라고 생각했다. 물론 그 생각은 지금도 마찬가지다. 하지만 책을 낸다는 목표를 가지고 조금씩 글을 다듬고 문단을 나누고 주제가 뭔지 다시 고민하며 한 달 한 달을 지내왔다.

그렇게 한 발씩 걷다가 어느 날부터인가 글감이 전혀 떠오르지 않았다. 쓰고 싶은 마음도 싹 사라졌을 뿐만 아니라 글쓰기가 큰 부담이 되어 사실 포기하고 싶은 마음도 많았다. 하지만 다행히도 잠깐의 휴지기가 나를 다시 앞으로 나아가게 하는 원동력이 되었다. 많은 책을 읽으면서 나만의 시간을 충분히 갖고 다시 에너지를 얻어 여기까지 오게 된 것이다.

병원과 학교를 오가면서 일하느라 바쁜 일상이었지만 무

엇보다 글을 쓰기 위해 많은 책을 읽을 수 있어서 좋았다. 함께 쓴 글을 통해 동기 선생님 한 사람 한 사람을 더 깊이 알아가는 시간이었고 덕분에 많이 웃을 수 있어서 행복했다.

기도로 응원해 준 남편과 가족들에게 감사를 전하며 끝으로 이 책을 끝까지 읽어주신 모든 독자 여러분께 감사드린다.

– 이인희

· · ·

비 오는 어느 날, 대학원 동기생으로부터 문학 공부를 해보자는 한 통의 메시지가, 글쓰기에 대한 나의 욕망을 깨우는 출발점이 되었다. 평소에 관심은 있었지만 글을 쓴다는 게 쉽게 와 닿지 않았기에 막연하기만 했다. 글쓰기에 대해 교수님과 함께 책을 읽고 토론하는 것은 좋다고 시작한 것이 시간이 흘러 자연스럽게 목적이 생기며 글쓰기에 대한 꿈을 꾸게 된 것이다. 그런데 실제로 책을 낼 줄은 상상도 못한 일이다. 어쨌든 내 삶에서 큰 의미가 되는 일이다.

처음에는 문장의 주어도 없고 그냥 기억에 남는 일, 그날 그날 있었던 일을 일기 쓰듯 적기만 했다. 하지만 시간이 갈수록 단어 하나, 어휘 하나, 수식어 하나의 선택이 완전히 다른 문장으로 변하는 것을 배우면서, 글쓰기에 대한 새로운 매력을 느낄 수 있었다. 그리고 글쓰기에 대한 심적 부담이라는 큰 위기 앞에 무너질 수도 있었다. 하지만 함께해 온 문학 동기생들이 있어 이 글을 끝까지 쓸 수 있었던 것 같다. 동기들에게 너무 고맙고 감사하다.

간호사라는 직업이 정신적 스트레스를 많이 받기에 마음을 정화할 수 있는 방법으로 자신의 내면세계를 글로 표현해 보라고 권하고 싶다. 마지막으로 글의 소재를 제공해 준 병원 선생님들, 간호사라는 전문직을 할 수 있게 도와준 친정엄마, 든든한 후원자인 남편, 딸, 지금 국방의 의무를 다하고 있는 아들에게 진심으로 감사의 마음을 전한다.

– 주은주

간호사의 길을 걸어온 우리들의 이야기를 글로 한번 써보지 않겠습니까?라는 질문을 시작으로 4년째 글쓰기를 하고 있다. 매월 마지막 주가 되면 빚에 쫓기듯 글감에 쫓긴다. 설레발이로 끌쩍거리던 낙서가 수필이 되어가는 과정은 신비로웠다. 하지만 글감은 금세 바닥을 보였고 머릿속을 쥐어짜며 생각나는 대로 막글도 써보았다. 갈수록 글쓰기의 즐거움은 고통의 시간으로 다가왔다. 계속해야 하나? 말아야 하나? 몇 번의 갈등과 힘겨움이 생길 때마다 나의 마음은 동기들에게 미안함으로 웅크러 들었다. '괜히 말해서….' 이러지도 저러지도 못하고 마음만 바동거렸다. 하지만 시간이 약이라고 했던가. 동기들의 점점 달라지는 글쓰기 역량과 글솜씨는 일취월장의 수준들을 뽐내었다. 다가오는 오월이면 우리들의 수다로 수필집 한편이 만들어진다. 부끄럽기도 하지만 대견하기도 하다.

나에게 글을 쓴다는 것은 뒤엉켜 있는 머릿속을 정리해 주고, 내 이야기와 생각을 구슬로 꿰듯 소소했던 나의 경험과 삶에 의미를 부여해 주었다. 그러므로 글을 쓴다는 것은 비움의 과정이며, 치유의 과정이며, 삶을 완성해 주는 과정이라 생각한다.

친정엄마의 입버릇처럼 '내가 한평생 살아온 삶을 이야기하자면 책 여러 권은 될 거다'라며 굴곡 많았던 삶을 대신

해, 간호사의 삶과 경험을 수필로 그리며 항상 나를 지지해
준 친정엄마에게 감사의 말을 전하고 싶다.

– 박미경

· · ·

　내 생각을 글로 잘 표현할 수 있을까? 두려움 반 설렘 반
으로 글쓰기 모임에 참여하게 되었다. 글쓰기가 서툰 탓에
처음엔 부끄러움이 앞섰지만 일상적인 이야기와 감동의 순
간을 글로 나누다 보니 어느새 모임 시간이 기다려졌다. 또
한 투박한 글을 다듬고 소재를 찾다 보니 글 쓰는 재미도
점점 더 커졌다. 지나온 날들을 돌아보며 소중한 추억을 되
새겨 보기도 하고, 하염없이 게으르게만 느껴지던 내 일상
을 다독이는 계기가 되기도 했다. 게다가 늦게 시작한 마지
막 학위논문을 마무리하는 과정이 너무 바쁘고 힘든 시간
이었음에도 불구하고 잠시나마 글감을 찾는 시간이 휴식처
럼 느껴져 버틸 수 있었다. 물론 글쓰기가 때때로 부담스러
울 때도 있었지만 함께하는 동료 선생님들이 있어 잘 극복
할 수 있었다. 부족한 글이지만 세상에 내보일 수 있다는

253

것만으로도 가슴이 벅차다.

한 번씩 투덜거려도 속정 깊은 든든한 내 남편, 내 스토리의 무궁무진한 소재가 되어준 사춘기 아들 현욱이가 있어 늘 행복하고 감사하다. 지금은 멀리 떨어져 살고 있지만 오랜 시간 함께해 준 소중한 친구 선화와 늘 나에게 에너지를 주는 사랑하는 영미에게도 진심으로 감사하다. 끝으로 나와 함께 글쓰기를 해 온 대학원 동기 선생님들께 다시 한 번 더 감사의 마음을 전하고 싶다.

- 최인순